THE 冰霜都市 FROZEN CITY

靜川——著

目次

Intro
Catacombs
墓地

獵獵寒風，將清冷的初雪，吹進了古老的維也納市區，也將繁華的格拉本大街，點綴得一片銀白。作為維也納觀光名勝的格拉本，即使過了午夜，依然是燈火通明。此時，尋幽訪勝的人潮已散，取而代之的，是來自各國的酒客，他們杯觥交錯，各自尋歡作樂，紛紛亂亂，走在千年歷史的石板路上，將落下的初雪，踏得一片漆黑。

格拉本，德文是Der Graben，意為「溝」。十四世紀，黑死病肆虐歐洲，維也納超過三分之二的人口死亡，而Der Graben，傳說正是將病死者集中掩埋的所在。黑死病漸緩後，奧地利皇帝利奧波特一世，在此了建立巴洛克風格的「鼠疫紀念柱」，警醒世人勿忘這場延續數世紀的巨大浩劫，更感謝萬能的上帝施予慈愛，讓黑死病從此消失在人間。

幾個東方臉孔的遊客，才多喝了幾杯，就開始在廣場大聲喧嘩，其中一個中年人，無視護欄爬上了石柱，手攬著代表被黑死病折磨至死的老婦像，比了一個勝利的手勢，自拍後上傳臉書，向親友分享旅遊的喜悅。路過的警察見狀連忙慌張吹哨，中年人的同夥大喊「警察打人啊」作為還擊。一陣混亂中，中年人終於被拉下石柱……

黑髮女子隱身在街角，等待整齣鬧劇落幕，才快步走入暗巷。昏黃的燈光，映照一地狼藉——水漬、蒸氣、穢物、蟲屍、鼠窩——這才是光鮮後的真實。女子融入黑暗，連身深色斗篷下，任誰也看不清她的樣貌。

幾名金髮酒客注意到女子落單入巷，竟露出不懷好意的笑容尾隨而來。說搭訕是客氣了。即使是千年古都的文化傳承，也阻止不了人類邪惡慾望的無限孳生。

女子走得極快，不一會兒便消失在一片蒸汽當中。酒客們暗自竊喜，挺著下半身跟進，卻發現這是條死巷，除了塞滿的大垃圾桶與死老鼠外，空無一人。

酒客們歪著頭，面面相覷，懷疑自己是不是喝茫看錯了？撿起半浸在水溝的黑色斗篷，才讓他們確定女子確實曾存在於這個空間之中，只是現在消失了。

酒客們背脊發冷，各自發出缺乏搞固酮的慘叫，爭先恐後逃出暗巷。

「怎不直接殺掉？」一個蒼老的聲音，從女子腦內響起。

「鼠輩，不值得動手。」女子語調平淡：「還是交給你處理？」

「我是不反對啦，嘻嘻。」

女子自暗影處走出，左手戒指發出青色的微光。明明人就在死巷，為何那癡漢會遍尋不著？

「接下來呢？」女子自言自語。

「盡頭，藍色鐵門。」蒼老的聲音遲疑了一下：「嗯？鎖住了？等我一下。」

幾秒後，鐵門便自動開了鎖。

「進去吧。」

數分鐘的時間，女子走出了陰暗潮濕的甬道，發現自己身處多瑙河畔。此時雪勢漸大，女子加快了腳步，跨過一座舊式鐵橋，來到一間哥德式教堂。

午夜時分，參訪時間已過，教堂大門用極為厚重的鐵鍊深鎖著。這是維也納才有的古老戒律，連外地的神職人員，都得等到破曉後才能入內。

「沒開，要回家嗎？」蒼老的聲音又傳進女子耳裡。

女子沒有回應，左手輕撫厚重鐵鎖，戒指再次發出淡淡幽光。「喀」一聲鐵鎖竟然就這樣解開，將鐵鍊抽出，門扉「呀」一聲開了個縫隙。女子無聲滑進門縫，首先映入眼簾的，是座巨大的聖母像。

一六六二年，這座聖母像曾經流下血淚，血痕至今仍掛在其臉頰，清晰可見。女子繞過聖像，在偌大的巴洛克石柱中間，有個階梯直通地下不知名處。當然，也是上鎖的。

女子右手不知何時出現一把作工精細的銀白短劍，「唰」一聲那鋼製的鐵鍊竟應聲一刀兩斷。

「大門怎麼不用這招？」

那聲音又自以為幽默地開口說笑。

「閉嘴。」女子感到煩躁惱怒。

「抱歉，不開玩笑了。」那聲音連聲道歉，聲音卻不太誠懇：「建議你注意一下左邊。」

年輕的僧侶聽聞異音，前來查看，此時月光正好從雲層穿出，透過琉璃瓦屋頂射入，一時之間將祭壇照得多彩而耀眼。

「你是遊客嗎？不好意思現在已經不開放了。明明門已經鎖起來了啊，難道是小偷？」僧侶自顧自地推理出結論，自顧自地驚慌。

女子漠然望著驚慌的僧侶，在不到半秒內，拔槍、上膛、瞄準、射擊，灼熱的硝煙，自消音管散出。

僧侶眉心多了個彈孔，滲出紅色白色混和的液體，應聲倒在大理石迴廊。

「好痛，我快死了。」僧侶倒在地上大喊。

女子聲音冷然：「偽裝也偽裝得像一點。」

僧侶沒死，緩緩站了起來，嘴角泛著笑容。「被發現了。」

「腦漿炸裂還能講話，再怎麼說也不算人類吧？」

「唔，原來如此。」僧侶叉手點頭，一臉豁然開朗貌。

原本年輕的僧侶，臉部迅速老化，頭髮花白，說話的聲音竟然就是方才在女子腦內出現的中年男子。「好久不見了，李若霜。」

「都幾百歲人了，還這麼喜歡惡作劇。」李若霜笑道：「奧普多。」

「等這麼久，總要抓到機會好好玩一下。」奧普多聳聳肩：「不然下次見面，都不知道什麼時候了。」

「不會的，爺爺。」李若霜槍收進皮套：「這陣子，你會很忙，我保證。」

奧普多嘻嘻笑。「還是不要得好，我喜歡清靜的生活。」

奧普多收起笑臉，一本正經道：「聖城之役結束後，你離開了巴格達，之後就失去蹤影。有人說你去了鄂霍次克？」

奧普多額頭吱嘎作響，沒幾秒鐘彈孔便被皮肉組織填平，就像從沒受傷過一樣。子彈還在裡面耶……

「有人？你是說『鷹』吧？是，我去了鄂霍次克。」李若霜伸出左手，無名指上的戒指一樣幽幽閃著微光。

「看來，你成功了。」奧普多瞇著眼凝望那戒指，就像整個靈魂要被吸進去般：「難怪跟你說話一直感覺到一股古老的氣息。」

李若霜點頭：「所以，我來取『那東西』，聽說它在這？」

「是，我察覺到類似的氣息，所以守在這。」

「類似？所以有可能不是？」

奧普多雙手一攤：「我也不敢下去確認，就等你來了。」

「……受你照顧了，謝謝。」

奧普多嘴角露出微笑：「廢話不多說，隨我來。」

李若霜隨著普奧多走下了階梯，這間有著數千年歷史的古老密室，收藏品只有一項。

骨，人骨，各種人骨，大量人骨。

據說這些骨頭，也是當年黑死病的產物。以腿骨排成牆面，頭骨組成樑柱，以髖骨、肋骨構成優美的幾何圖形。當大規模的死亡成為日常的一部分，此時人類所能展現的藝術美感與幽默，乃至於對宗教與神祕學的憧憬，或許已非今人所能理解。

走在一間又一間的人骨密室，成千上萬個頭骨，以空洞的眼神望著李若霜。風聲嗚嗚，泣訴著數百年前承受的苦痛。

甬道盡頭是個中世紀風格的石祭壇，上頭擺放著數不盡的金箔罈。歷代哈布斯王朝皇帝的內藏，在經過防腐處理後，都祕密被擺放在這裡。當然不僅是留存，誰喜歡這種黏呼呼的紀念品？在秘術橫行的中古世紀，某些教派相信，人的軀體逝去後，只要保留一套完整的內臟，有天就能死而復生。

然而，數百年過去了，深鎖金箔罈的群王內臟，在無人知曉的地下墓地裡，靜靜地腐敗，歸向虛無。

當然，李若霜並不是來這弔古。

祭壇上，有她要的「東西」。

奧普多肅然：「就在這裡了，你確定要這麼做？」

「我別無選擇。」

李若霜閉目凝神，伸出左手，戒指上不知名的刻文，竟發出藍色微光，由淡漸濃。此時，祭壇劇烈搖晃震動，數百年歷史的文物與虛無妄念，就這樣應聲掉下，發出陣陣清脆破裂聲。

奧普多冷汗直流，暗念某種咒語護身，儘管他知道那可能沒什麼用。

此時，某個東西從祭壇緩緩浮起，亦發出陣陣藍光，似乎在回應李若霜的動作。戒指的光，空中的光，不約而同逐漸變亮、變大，合而為一的瞬間，讓光變得更加刺眼，充斥在整個祭壇。

奧普多不得不閉上眼：「喔喔喔喔喔喔喔喔喔喔喔喔喔。」他感覺陣陣衝擊波襲來，幾乎要將他震飛。像奧普多這樣古代高等術士，能讓他受到傷害的魔法，不會超過五種。但這道閃光所帶來的劇烈疼痛，卻幾乎要將他撕裂。

不知過了多久，奧普多感覺光芒與刺痛漸漸消，這才有餘力睜開眼睛，半跪在地，止不住喘息，冷汗直流。「妳沒事吧，李。」

只見李若霜被一團青光包圍，嗡嗡作響。黑髮似被狂風吹襲般擺動，煞是好看。

幾秒後，青光以李若霜的左手無名指為圓心，逐漸縮小，最後消失無蹤，只剩戒指上的刻紋，發出一閃、一閃的神祕光輝。長髮重新獲得地心引力，紛紛自半空垂下。

李若霜輕啟雙眼，若有所思地望著祭壇。

「結……結束了嗎？」

「……是的。」李若霜用左手在空中輕畫，一個五芒星陣式隨即展開。

「這……這是……」奧普多觀察陣式中的文字，看得出神，言語中多了許多壓抑不住的激動：「Rheinstone？」

萊茵石。古老的魔術。傳說原本由命運三女神所掌管。

聖城之戰中，三女神全數折損，大家都以為此術從此失傳，沒想到竟然在這裡現蹤。也難怪奧普多如此激動。

「是啊，是萊因石。」李若霜言語中絲毫沒有興奮感，反而多了許多無奈。

「別難過，至少這是獨一無二的法術了。」奧普多輕聲道：「雖然不是『格奧爾格的遺物。』」

李若霜緊閉雙眼，沒有說任何話。

這下普奧多緊張了。各種垃圾話紛紛出籠：「喂，李，別難過啦，找了幾百年不差這點時間吧。那東西總有一天……」

「停，別說話。」李若霜打斷奧普多。

奧普多暗叫不妙，心想這下要倒大楣了。

李若霜道：「虧你是僅存的古代術士，你沒察覺嗎？」

「唔……」奧普多屏氣凝神，終於發現了一股異樣的黑氣，正在祭壇上不斷凝聚。

那黑氣伸出無數「觸手」，以極快的速度朝兩人襲來，瞬間將祭壇東側牆面融化殆盡。若不是及時閃避，兩人早已被觸手撕裂。

「李，要小心。」奧普多雙手結陣，護身咒全開。

「你在跟誰說話？」李若霜斜眼看著奧普多，一派輕鬆貌。

李若霜什麼咒都沒施放，那黑氣卻像碰到無形的牆，在她面前化為陣陣輕煙。

那黑氣發出一陣怒吼，祭壇上的金箔鐔應聲全數碎裂，古老的內臟不斷堆疊，增生膨脹成巨大的肉球。

肉球發出濃烈腥臭與低吼，似是要將千年來的怨氣全數爆發出來。

「喔？凝聚成氣還不夠，竟然具象化了？看來怨氣可不小。」

「李，太危險了，從這裡撤退吧。」奧普多大喊：「反正東西也到手了，沒必要跟這玩意兒搏鬥。」

李若霜不發一語，右手的銀劍在黑暗的祭壇裡，發出森冷的光。

李若霜左手微亮，在半空緊握。那肉球似乎從四面八方承受了千金的重量，開始緊縮，噴出漆黑的血。不住抖動，發出淒厲的怪叫。

「古老的靈魂啊，你是來阻止我的嗎？不，你們只是生氣，對吧？被自己的信仰禁錮了千年，該被怒吼、被發洩的對象，應該是你自己啊。」

下一瞬間，李若霜已欺身至肉球前，手中的銀劍深深刺入肉球。

肉球敗象已露，它噴出漆黑的血，要用千年的詛咒腐蝕一切。然而實力的差距過於懸殊，肉球絲毫傷不到李若霜半根汗毛，只能絕望地低吼、散落，最後消失地無影無蹤。

「結、結束了？」普奧多道。

「還沒呢。」李若霜指著祭壇石板，一隻超巨大肉色腔狀蠕蟲，從金鐔碎片之間緩緩爬出。

奧普多看了一眼便知道怎麼回事：「食血蟲？」

「看來，那東西早就被拿走了。留下的只是陷阱。」

普奧多啐了一口，暗念咒語，蠕蟲瞬間炸裂，留下一地腥臭的氣息。

「上去吧。」

回到地面。奧普多問：「現在怎麼辦？」

李若霜沉吟許久，將散亂的髮撥到耳後：「看到食血蟲在這裡出現，我多少開始有點瞭解，這怎麼回事了。」

奧普多點頭：「果然還是跟『那些人』有關吧？不過他們要『那東西』幹嘛？我不明白……」

「是要阻撓我呢？還是拿來當談判籌碼？」李若霜冷笑：「目的什麼的，怎樣都無所謂了。」

「誰要是擋住我去路，」李若霜語氣冷淡，眼神卻迸裂出濃濃殺機：「神也好，鬼也好，我都會照殺不誤。」

奧普多摳摳耳朵，又恢復往日的嘴貧：「好啦，你棒、你超強，那下一步呢？你要去哪裡？」

「紐約。」

「為什麼？」

「兩天前，紐約郊區發生一樁連續兇殺十五人的屠殺案。」

「你聞到什麼不尋常的氣息嗎？」

「你不覺得跟『某件事』很像嗎？」

奧普多腦中搜尋到了某個關鍵字。他咕嚕一聲吞了口口水，低聲道：「我的直覺，不太妙，李，還是別去的好。我不是要小看你，但無論如果，你隻身一人，遇到任何危險，都無異於自殺。」

「……誰知道呢？」

奧普多挖了挖耳屎，然後搓圓黏在聖母像的臉上：「自信也要有限度，小姐。」

李若霜淡然一笑。

那笑容中，帶有一絲苦楚，各種複雜的情緒。李若霜卻選擇一笑。

奧普多睜一隻眼閉一隻眼，老臉充滿皺紋：「好啦隨便你，什麼時候出發？」

「明天下午。」

「有錢嗎？有地方住嗎？證件準備好沒？」

李若霜拿出證件。

奧普多「喔」了一聲：「美國聯邦調查局ＦＢＩ？你什麼時候混進去了？」

「這種東西我要多少有多少。」李若霜道：「你呢？繼續當僧侶？」

普奧多雙手合十，一臉不虔誠：「不了，我已經玩膩這套把戲。可能會去東亞洲沿岸晃晃，到時再來找我吧。」

「好，」李若霜：「就此道別。」

隔天下午，在暴雪中，前往紐約的班機，如期起飛。

第一章
Massacre
屠殺

黑人警官傑克森，駕駛著ＮＹＰＤ字樣的警用車，行進於大雪紛飛的第五大道。

這是他自警校畢業來到紐約警局後，第一次單獨出任務。

清早，傑克森接到局長的直屬命令，十點四十八分準時抵達甘迺迪機場，接送前來紐約辦案的聯邦調查局探員回警局。

如此簡單的任務。

不過，他所知的資訊也僅止於此，其餘皆列為機密。而對這項任務而言，這樣的資訊量也早已充足。

只不過，連姓名都要對任務執行者保密，這點傑克森倒是百思不解。

「不給我探員的照片，起碼也要給我姓名跟聯絡電話吧？」傑克森不免抱怨幾句。

幸好，他還是順利接到了探員。

探員目前就坐在副座，是一頭黑髮的東方女子。

女子沉默不語，以緊身黑皮衣裹身，一頭烏黑的長髮，與潔淨瓷白的玉頸之間形成了強烈的對比。

他清了清喉嚨，聳了聳肩，刻意裝作毫不在意的樣子。

作為民族熔爐的大都會，住在紐約的華裔人士並不在少數。警局裡自然也有許多傑出的華裔女性。然而，面對一名全然陌生的異國美女，任何男人來說，都有種不可抗拒的神祕誘惑。

傑克森不由自主，眼神頻頻飄向對方，好幾次失神差點撞上前方車輛。

但女子上車後，不曾看過傑克森一眼，只是出神地望著車窗外。

今天車況極差，聖誕節將至，又適逢大雪，上街的車輛幾乎是平日的兩倍。在水洩不通的車陣緩緩前行，好不容易才開到洛克斐勒廣場。

女子抬頭仰望，帝國大廈像要衝破雲層般聳立在此。

「機會來了。」傑克森心想。「歡迎來到紐約！」

傑克森刻意提高語調，露出陽光般的微笑，表現出身為紐約客的熱情。

不過女子似乎不怎麼領情，依然看著外頭。凝視雪花飄至車窗。笑容僵硬了起來。

「紐約很美吧？」傑克森開口，向側坐的黑髮女子道。

「美？」女子輕啟朱唇，「毫無生命的鋼筋，有何美感可言？」

女子話語冷淡，道出物質社會的墮落。

傑克森頓了一下：「這可是全美最繁榮的地方喔！」

女子再次沉默，忽略傑克森的寒暄客套。

傑克森感覺自己快凍僵了。

「……」女子轉過頭來，目光上下打量傑克森。

「名字？」女子道。

「叫我傑克森就行了！」傑克森很慶幸與女子的對話有了很大的進展。

「你呢？」

「……」黑髮女子眼神又飄向窗外的路人。

兩個男人張大了嘴互相叫罵，大打出手，文件紙張四散於雪地。

但隔著車窗，車內聽不到他們的喧嘩。

女子不帶感情地道：「李若霜。」

「好！這樣，我們算是互相認識了。」傑克森心中大嘆一口氣，沒想到這名女子居然這麼難搭話。

「看來，還是早點結束這無聊的任務比較好。」

不過，好奇心殺死一隻貓。

生性管不住嘴巴的傑克森，還是忍不住問：「聽說，你來自聯邦調查局？」

李若霜從口袋拿出一張識別證。

上頭有李若霜的大頭照，依然毫無表情。

識別證最上頭的大字寫道：FBI。聯邦調查局。

「這女人不會是顏面神經出毛病了吧？」傑克森歪著頭心想。

「原來是李探員。那麼，這次來的目的是什麼呢？會議？辦案？觀光？還是購物什麼的？」傑克森仍然試著繼續尋找兩人共同的話題。

但他可能不知道，自以為是的幽默感，通常是女性最討厭的特質。

李若霜投以厭煩的眼神，過了約莫一分鐘才道：「紐約警局向我們請求支援。」

「於是你就來了？」

李若霜輕輕點頭，一臉「不然咧」的表情。

「是什麼案子呢？」

李若霜眼神迸出火光，狠狠射向傑克森。

「派一個口風這麼鬆的人來接機，看來NYPD的素質，也下降到不可思議的程度呢。」

傑克森知道自己失態了，連忙收聲不敢再造次。

傑克森偷瞄一眼，想看看李若霜的反應。

那眼神極美，是傑克森見過最美的一對眼睛！

傑克森出神地望著李若霜黑色而深遂的眼神。

卻又極冷！

車內裝置了暖氣設備，但傑克森卻感到一股低壓將自己團團包圍，使他一動也不能動，遍體生寒！

就像…他感到李霜散發出誘人，而致命的殺意！

自警校畢業，短短幾個月間，傑克森就曾逮捕吸毒犯，搶劫犯，街頭混混……他們的眼神，都也有著濃濃的殺意。

但傑克森並不感到害怕，因為他們的眼神陰沉、晦氣、混濁不已。

那是行將就木的眼神。

但李若霜不同！

她眼睛散發的殺意是如此堅定、如此清澈……

趁著紅燈，傑克森脫下警帽：「鄭重道歉。」

李若霜眼神忽然變得溫柔，對傑克森笑了笑，就像一切都沒發生過一樣。

冷峻而迷幻的美感。

傑克森打了個冷顫，他有股不祥的預感，只想盡快回去交差，然後再也不要跟眼前的女子扯上任何關係。

警車無聲在雪中穿過繁華市街，雪白的冰晶飄揚空中，李若霜直視著前方，眼中閃爍著異樣的光芒。

＊＊＊＊＊＊＊

好不容易回到警局，傑克森連忙帶路，李若霜則尾隨在後。

行經辦公室，男性警官放下手邊的工作，紛紛沉默了下來，並對李若霜行注目禮。有的發出驚訝的嘆息，有的則用不安好心的瞳孔，打量著李若霜的身軀。

傑克森暗暗搖頭，舞嘴弄舌，暗示那些不識相的同事，別再得寸進尺，以免惹禍上身。大頭管不住小頭的員警們，還不知道這女人的殺氣，足以殺死一整排美國大兵。

李若霜沒有理會，甚至沒有回頭，隨傑克森進入局長室。

關上局長室大門，外頭隨即迸發出如雷的喧嘩。看來李若霜的出現，果然引發警局內的熱烈討論。

「局長，人已經帶到了。」傑克森向椅子上的中年男子敬了個禮。

中年男子放下手邊的文件，立即站起來，與李若霜眼神交會。

「你好，李小姐。我是ＮＹＰＤ局長，你可以叫我山姆。」

「你好。」李若霜回答簡潔。

山姆望著傑克森比了個手勢：「你的任務完成了，謝謝。」

傑克森雙手一攤，很識相地自行離開了局長室。

門才關上，警局裡的男人們便蜂擁至傑克森面前，緊接而來的，就是一連串無止盡的問題。透過木門，彷彿還能聽見陣陣喧嘩，包括傑克森的慘叫。

山姆嘴角上揚：「看來你已經成為今日的話題焦點了。」

「我以為紐約是世界上最多元族群的城市。」李若霜道。

「東方臉孔自然是很多，像你這麼美麗的，卻很少。」局長走到咖啡機旁：「茶？還是咖啡？」

「不用了。」李若霜拒絕了局長的美意。

李若霜如寒風般的臉孔，目前為止不曾有過一絲絲的表情，不過她似乎也開始不耐於局長的客套寒暄，逕自望向窗外，銀白色的雪花正飄逸於空中。

山姆倒了一杯咖啡，淺嘗一口，暗暗皺了個眉頭。

山姆笑道：「你剛來紐約，要不要我派人帶你四處走走，熟悉一下紐約？」

李若霜輕輕嘆息，那聲音足以勾魂攝魄。

「寒暄什麼的還是免了，還是談談正事吧。」李若霜冷冷道。

「……」局長嘆口氣，道：「好吧，那麼……我們就不多說廢話。」

「抱、抱歉，我只是……有點緊張……」山姆聲音有些顫抖，甚至連說話的聲音都有些僵硬。

山姆雖然年愈五十，頭髮比壯年時少了一半，從外表更感覺不到中年人的龍鍾疲態。但這時山姆的表情，卻帶有一種說不出的苦悶，他不知道自己的決定是否正確，但目前情況的確不是那些活在安逸之下的警察或探員足以輕鬆勝任的。

時間分明已過中午，天色卻暗如黑夜，雲層陰沉地壓在紐約市上方。

李若霜撥了撥長髮，等待局長發言。

藍色牆上的時鐘發出滴答滴答的聲響。山姆不想，也不願意再提起這個令人為之顫慄的恐怖事件。

冷徹的寒風不知從何處流洩而入，山姆不禁打了個哆嗦。

李若霜見山姆不發一語，顧自在一旁躊躇，終於先開口：「局長，請您盡速提供相關資訊。本案由於貴局處置不當，已經造成FBI兩名人力的耗損，上級才不得不派遣我來，協助你們逮捕真兇。所以，不要再浪費時間了。」

耗損？這是對人類該用的詞彙嗎？

山姆詫異的眼神落在李若霜身上，李若霜則如雕像般靜止不動，面對山姆的怪異眼神，她絲毫不以為意。

呆了半晌，山姆才回過神來，聲音中充滿陰冷的恐懼：「被、被害者的屍體，以撕裂狀的方式，被發現在下東區河岸的廢棄車廠……」

「撕裂狀？」

山姆緊握的雙手開始不斷發抖：「沒有一具屍體是完好的……兇手……」局長的脖子發出了咯咯的聲響，冷汗也從皮膚滲出。那是一個人陷於驚恐時所產生的生理現象

「不是人……」

「我們的探員呢？」李若霜問道。

「同樣也遭遇不測。」山姆吸了一口氣：「當時，貴局的兩名探員，正在追蹤一群黑幫份子，這部分你的上級應該有給你資料。」

「人口販子。」李若霜不假思索，看來是將所知資訊，都全記憶在腦海中了。

「是的，兩名探員循線追蹤，找到了他們的巢穴，也發現數名準備販賣的奴隸。」說到這，山姆又吞了一口口水：「嫌犯一共有三名，全是我們鎖定的暴力犯罪分子，JJ幫。」

「JJ幫？」

「是的，那是紐約最有勢力的地下組織。紐約地區的販毒，賣淫，洗錢，軍火走私等重大刑事案件，幾乎都與他們脫離不了關係。」

山姆繼續道：「兩名探員於凌晨兩點，主動向本局聯繫，表示三名嫌犯持有強大火力，希望調派警力支援。」

「結果？」

「我們立即派遣大量警力，我自己接到消息，也連忙從紐澤西趕來。當我們到達後現場後，才發現……所有人早就……就……」山姆不願意再繼續描述下去，接著從抽屜扔出一疊文件。

那是一份簡報，日期寫著十二月十日，另外也附上現場照片。

第一張拍下的照片，是看來像半個頭部的肉塊，地面上布滿了尚未凝固的血，以及更小的紅色、白色肉塊。

李若霜認出那是頭部，上頭有毛髮。

李若霜翻到下一張照片。這張李若霜就覺得好認得多，那是個女人，但只剩下一個四肢殘缺的軀幹，面貌還算完整，從其扭曲的表情與淚痕，可知道死者生前所遭受的痛楚。

死者四肢的斷口很不完整，看來並不是利器造成的，比較像是用極大的力量拉扯後的結果。胸部也從胸腔到腹部開出一道巨大的破洞，臟器外露，被撕扯下的胸部也爛泥般懸掛於軀幹的外側。

就像被七十公噸的坦克，以時數一百公里的速度輾過。然而，位處紐約郊區的廢棄工廠哪有這種東西？

絕慘的畫面。

李若霜凝視照片，思考是什麼樣的凶器，可以留下如此獵奇的撕裂傷？

接下來的照片，李若霜一眼便認出他的身分，那男人的面貌，李若霜從上級給予的資料中曾經看過。資料中顯示這男人是一位優秀的探員，在聯邦調查局已服務多年，辦案經驗豐富，被認為是執法辦案的教科書。

「這是探員史蒂芬・丹。」

史蒂芬死時，手上還拿著配槍，鮮紅的血液浸濡了他白色的西裝襯衫，身體被一分為二。他的下半身橫陳於鋼鐵堆中，上半身則被長鐵柱插入，懸掛於距離下半身有一公尺半的水泥牆壁之上，沒斷的小腸連接著上下半身。這種死法明顯看出探員生前歷經多少折磨……。躺在史帝芬旁邊不到一公尺，另一具扭曲的屍體，則是他的搭檔福斯特。

山姆道：「就像地獄一樣……一夜之間……居然死了十七個人，而且……其中還有探員……」

李若霜問：「根據簡報嫌犯有三名，加上兩名探員，這麼說在場的十二名人質也全數死亡？」

「沒錯……」

「當地住戶雖然聽到連續無間斷的槍響，據目擊者指出，那槍響在一分鐘之內便結束了。」

「沒有可疑人物？」

「我們事後追查，目前並沒有這方面的消息……」

「也就是說，兇嫌在警方到達前便逃逸無蹤，且沒有任何目擊者？」

「是的。」山姆局長聲音顫抖，完全停不下來。「連附近的監視器，也都沒有拍到任何可疑的人物。」

「凶器呢？」

「無法辨認。」山姆搖了搖頭：「即使用機槍掃射，也不會出現這種死法。」

「這麼大的屠殺案件，媒體不知道？」

「這案件必然會造成全紐約，甚至全美的騷動，因此上級單位動用了一切力量對媒體施壓，但如果不早日破案的話……」

「終究是紙包不住火。」李若霜悶哼道。

「這可以說是自九一一以來，紐約最大、最殘忍的屠殺案件……所有到場的十二位警員加上法醫，都在接受精神治療……也沒有人敢碰這案子……」

山姆停頓了一下：「除了……」

李若霜興致盎然道：「喔？有例外？」

「就是傑克森。」山姆雙手緊握置於桌面：「目前看過現場，還能正常運作的，只有他了。」

山姆繼續道：「這就是我安排他擔任你副手的原因。」

李若霜蹙眉：「我不需要搭檔。」

山姆嘗試說服她：「這次李探員您前來紐約支援，雖然是出於本局的委託，但性質上還是合作，所以希望李探員還是可以帶著本局的人馬一起行動。況且，有個熟悉路面的人帶路，也比較方便。您說是吧？」

「……這案子非常危險，他是死是活，我可無法保證。」。

看來是答應了，山姆也算是鬆了一口氣：「謝謝。」

「是要監視我？還是想拖慢我的腳步？那黑人警官顯然就是個新手……」李若霜思量許久，暗自也有所盤算。

李若霜問：「屍體呢？相驗了嗎？」

「還沒，承辦法醫目前正接受精神治療，正在請長假，目前已緊急調派人手，今早也才剛到任。」山姆回答：「屍體都在停屍間，全是肉泥……你該不會要看吧？」

李若霜神祕一笑：「有何不可？」

第二章
Autopsy
驗屍

NYPD B3 停屍間

在局長的命令下，傑克森不得不替李若霜帶路。走進停屍間，巨型鐵櫃上擺滿各種不知名的瓶罐，藥水混雜的刺鼻味道充斥其中。牆壁四周更擺滿了手腳、眼珠、未出生的嬰兒及各種臟器標本。

「每天在這工作，我大概會變素食主義者吧？」傑克森歪著頭心想。

整個空間猶如冰封般寒冷，空氣凝固形成一股死寂的氛圍。他環顧四周，灰白色的牆上鑲嵌著無數冰櫃，一具具死者的遺體就這樣被存放在幾近零下的狹小空間，讓傑克森有身處幽冥界的詭異感受。

漆黑無比，悄然無聲。

只有解剖檯燈光是亮著，檯上有一具屍體。

或許是剛從冰櫃取出，屍體表面不斷冒出寒氣，從外表看起來，似乎還沒有腐敗的跡象。那是年約三十，正值壯年的男子。他的眼皮半睜半闔，眼球早因失去水分而塌陷，就像洩了氣的皮球。混濁的水晶體空洞凝望著白色的天花板。

這男人一樣遭到不明凶器襲擊，雙手雙腳都被折斷，肌肉纖維外露，清楚可辨。看起來就像是斷了線的傀儡。而致命傷則是心臟處，有一個極深的傷口，傑克森並不知道那傷口有多深，但他知道，那男人的心臟早就放在解剖檯外側……

走到解剖檯旁，傑克森頓時感覺胸口難受，臉部扭曲擠出難看的表情，並發出作嘔的聲音。李若霜無視傑克森，注視著眼前的屍體，黑色的眼珠發出一種妖異的光芒。

「福斯特探員。」李若霜道。

傑克森詫異道：「他就是FBI殉職的其中一位探員？」

「……對。」

傑克森正想對李若霜說：「我很遺憾。」此時福斯特探員的手，竟活生生地彈跳起！

傑克森臉色鐵青慘呼一聲，連忙跳開冰冷的台解剖檯。

一個蒼老的人聲從黑暗中傳來：「別把死人給吵醒了。」

沙啞而乾燥的口音，是個身材矮小的老人。

那老人年約六十，由於過於矮小，他的連身白袍幾乎要拖地。稀疏灰白的頭髮，滿佈皺紋的臉，又使他比實際年齡看來更蒼老一些。

他對著李若霜露齒微笑，李若霜仍是冷漠以對。

傑克森一見到老人，先是鬆了口氣，然後開始喋喋不休抱怨：「老天！這樣有天會出人命的！泰德！」

泰德笑嘻嘻回答：「我這裡確實天天出人命。」

傑克森：「那死人怎麼會忽然跳起來？」

泰德想了想道：「應該是電位差，電流訊號通過神經，導致屍體出現反射痙攣。不過理論上是不會出現在冷凍過的屍體才對啊？。」

「那為什麼會出現在冷凍的屍體上啊？」傑克森的問句中帶有哭腔。

「我怎麼知道？」

「你是法醫耶！」面對泰德不負責任的發言，傑克森差點沒瘋掉。

「世界怪事何其多，有時不要深究，會過得比較好，像我就是。」泰德轉過身，看了李若霜一眼，才道：「幸會，我是醫學鑑定科的泰德。泰德．貝卡。局長剛打電話給我，要我好好款待。所以，我能幫你什麼嗎？」

李若霜問道：「這具屍體是ＦＢＩ福斯特探員嗎？」

泰德看了一下檔案：「我看看，ＦＢ０３２４Ａ４Ｇ０……對，他就是福斯特。」

「你現在準備解剖驗屍？」

「對，我是本案的代理驗屍官。」

「代理？」李若霜疑問道。

「是的，原法醫在看過屠殺現場後就請了長假。」泰德搖了搖頭嘆道：「現在的年輕人，太脆弱了。」

傑克森試圖把話題拉回正軌：「局長指示，要讓李探員看看廢車廠屠殺案的被害者遺體。」

「那麼就這具吧？」泰德指著已死的福斯特幹員。

李若霜問道：「可以。所有屍體都化驗過了嗎？」

泰德道：「不，一具都還沒，而我今天才接下職務。」

李若霜問道：「什麼時候可以將報告書完成？」

泰德算了一下：「你要的話，明天。」

一個工作天能驗完十四具屍體……？

「好，那麼明天。麻煩了。」

「悉聽尊便。」

泰德戴起防菌手套與面罩，準備為福斯特探員驗屍。

「那麼，你們就在旁邊參觀吧。」

李若霜點了點頭，示意泰德繼續。

「那我呢？可以走了嗎？」傑克森擠出尷尬的笑臉。

「請便。」泰德點頭：「剛局長有說，請你這段期間擔任李探員副手，你要違抗命令的話，我只好……」

傑克森雙手一攤：「好、好，我留下來就是了！但麻煩你，驗屍就驗屍，別弄得太難看……」

「我儘量啦，嘻嘻……」泰德道。

「那麼，開始吧。」

泰德先比對資料確認身分。「福斯特・林肯。三十歲，白人。」

「全身多處明顯外傷、骨折。死因，肋骨遭外力擊碎，心臟被掏出體外，導致失血過多、開放式氣胸、肺部塌陷、心跳停止。」

聽到這裡，傑克森已經覺得不太舒服，頻頻張嘴作嘔。

檢查死者外傷，泰德下了一個奇怪的結論：「即使是被猛獸攻擊，也不可能出現這種奇怪的傷口。」

李若霜皺眉：「怎麼說？」

「如果是猛獸，基本不會攻擊堅硬的肋骨，而是從腹部下手，劃開腹腔啃食內臟。」泰德繼續道：「而且你看他胸腔的破口，明顯不是使用利器，也不像使用鋸子的痕跡。」

傑克森道：「那麼，應該是鈍器所造成的？」

泰德搖了搖頭：「用鈍器敲碎肋骨，然後挖開胸腔？這難度也太高。」泰德拿起鉗子，夾起一部分皮膚組織：「這像是……抓傷？」

傑克森仔細端詳，的確十分類似抓傷。

泰德道：「果然是某種生物或猛獸所為？」

傑克森反駁道：「我到過現場，沒有任何猛獸的痕跡。」

「居民的證言？調閱監視錄影器？」

傑克森搖搖頭：「附近居民一問三不知，該區將近兩百支監視器，一樣什麼鬼都沒拍到。」

李若霜道：「這個會不會是人類指甲的抓痕？」

泰德檢查了一下，冷汗直流：「我不敢說是，但那的確很像人類指甲的抓痕，這需要做進一步的檢體化驗。」

「麻煩你了。」李若霜道。

泰德剪下一片皮膚組織，裝進透明盒，等待進一步化驗。

傑克森怪叫道：「如果兇手是人，那他肯定是怪物。」

「如果兇手是人類。」泰德緩緩道：「首先，兇手以怪力扯斷被害人的手腳，空手打碎肋骨，然後將他的心臟取出？」

「以這種手段連續殘殺十七個人？」傑克森冷汗直流。「這真的做得到嗎？」

沒有人說出半句話。

傑克森不禁打了個冷顫。他不敢想像，是什麼樣的人，能夠將在場超過三名持有強大火力的黑幫歹徒，以及兩名幹練的ＦＢＩ探員以「凶器」殺害？而那「凶器」竟是歹徒的雙手！

如果真的有這種人，那，真的算是人嗎？

「別急著下結論，還有很多沒檢查呢。」泰德以手術刀，在福斯特腹部劃一個Y型開口，由於肋骨早已斷得稀巴爛，泰德連電鋸都不需要，就能直接剝開胸及腹腔。他熟練地切開締結組織，將內臟與身體分離。接著手伸進胸腔，大約在下巴附近的位置，一口氣把整副內臟摘了下來。

傑克森臉色發白，泰德淡然一笑：「年輕人，這樣就不行了？臉色這麼白？要不要看醫生啊？」

「才沒有，我只是昨天晚上比較晚睡，頭有點暈而已。」傑克森嘴硬道。

李若霜催促：「時間急迫，繼續吧。」

「好。」泰德將整副臟器放在金屬盆裡，將臟器一個個對切剖半，這有點花時間，但這是勘驗的必要程序。「腎臟、肝臟、肺部，看來都正常。腸子及胃……嗯？看來福斯特探員生前吃得不錯。你看，胃裡還有未消化的牛排、龍蝦、蘆筍……。」

「停、停，我不想知道……」傑克森覺得自己快不行了。

太得以鑷子撥開皮膚表層，傑克森驚呼了一聲，那聲音在空洞的空間裡面餘波蕩漾，似乎永遠也不會消散。

被害人的皮膚，早已與肌肉分離，是故泰德能輕易地以鑷子從傷口處將其撥開。而三人竟然發現，肌肉的表層，肌肉纖維之間，都有長滿一種接近紫紅色的物質！

那物質看來就像絨毛一般，取代了原本的肌膚，附著在肌肉之上。泰德試著用鑷子將那物質夾起，意外的是，那紫色物質極為鬆軟，泰德便取了一點樣本放置在防菌袋裡。

傑克森與泰德面面相覷，只有李若霜保持鎮定，問道：「那是黴菌嗎？」

泰德冷汗直流：「有可能，但不清楚是哪個品種。我從事法醫三十多年，卻從來沒見過這種案例。」

「接著是我最喜歡的部分。」泰德舔了舔舌頭，以電鋸切開頭骨，將大腦組織取出，放在冰淇淋盒裡，然後拿去秤重。「嗯……雖然有點黏糊糊的，但重量正常。接著對切……嗯？」

「怎麼了？」

泰德指著接近腦幹的位置，那裡有個明顯的球狀物質。

李若霜問：「這是？」

「這叫松果體，它能分泌一種激素，是調節人體免疫系統、生理節奏、睡眠的重要器官。」

「所以？」看來李若霜不喜歡兜圈子。

「一般來說，它是呈現灰色。而福斯特探員的松果體，跟他的皮下組織一樣，長滿了紫紅色，類似黴菌的物體。」

「看來，還是先瞭解這物質是什麼才行。」李若霜說出了結論。

李若霜道：「可以化驗嗎？」

泰德聳聳肩：「盡力而為。但我不確定是不是能辨識那物質的成分。」

李若霜道：「化驗報告出來，立刻通知我。」

「知道了。」泰德道：「那麼驗屍告一段落，我明天會給你一份正式的報告。」

「麻煩了。」李若霜道。

「沒什麼事的話，我就先離開了。工作了一整個下午，肚子也餓了呢。嘻嘻……」說完，泰德將整坨內臟塞進透明塑膠袋，連同屍體推進冷凍庫，便消失在停屍間的另一側。大概是去用餐了。

李若霜道：「傑克森。」

「呃，是。」傑克森這才回過神。

「將現場證物調出。或許我們能從那裡找到一點線索。」

傑克森點頭：「好的。」

離開停屍間，傑克森準備前去辦理證物調閱的手續，經過警局大門時，正好有個年輕警官走來，一副驚訝貌：「唷！帶了個正點的妞啊，傑克森。」

李若霜臉色一沉，傑克森連忙上前要他噤聲：「他是ＦＢＩ派來的探員，很悍的！別惹她。」

年輕警官反將傑克森推開，笑道：「少來了，每次有啥好事都不會跟大家分享。說，怎麼認識的？」

一來一往的對話，只見兩人話題越扯越遠，李若霜卻絲毫不理會傑克森與年輕警官的嘈雜交談。她雙手交叉於胸前，望向大門外的白色世界，此時雪勢似乎稍歇，但灰暗的天色卻仍籠罩著紐約的天空。

「碰」地一聲巨響，打破了所有寧靜的畫面，傑克森只聽見刺耳的爆裂聲，玻璃也隨之散落一地。

傑克森記得方才還再與年輕警官說三道四。

下一秒，年輕警官的臉就凹了個大洞，血與腦漿混雜成的液體汩汩流出！傑克森再也認不出年輕警官的臉……

李若霜抓著傑克森大衣向後一扯，救了傑克森一命，但卻救不了那年輕警官。傑克森這才看見在警局破裂的大門那頭，站著一名持散彈槍的魁梧黑人。

黑人看了看地上的屍體，感覺似乎不甚滿意，接著便以散彈槍指著傑克森與李若霜！

當傑克森與黑人眼神交會時，傑克森愣住了！

他眼珠充滿血絲，面目扭曲猙獰，野獸般盯著東方女子。

那黑人正是要來殺李若霜的。

傑克森第一次意識到死亡的恐懼。

李若霜半蹲於地，不知何時手上已多了把義大利製貝瑞塔M92手槍，她疾電般連擊兩發，擊中了黑人的腹部，黑人順勢向門外倒去，鮮血也灑在銀白色的雪地之中。

黑人很快便站了起來，腹部的衣物很清晰地能看見染血的痕跡。

「別動！」一名警員拔槍逼向前去，那黑人開了一槍，又有一名警員倒地！

雖然負傷，黑人速度依然極快，一個跨步便跳上前來接應的箱型車。箱型車輪胎空轉幾聲，在地面造成許多白煙，便疾駛逃離！

有些警員見狀也駕車追去，也有些警員頹坐在地上，驚魂未定地回想著方才究竟發生了什麼事。

一切太突然了！

山姆局長趕到現場，呆然自語：「老天，這到底是怎麼回事？」

泰德聽見聲音，也立即來到警局門口，在檢查過中槍的兩名警官後宣布：「當場死亡……」

李若霜將槍收起，逕自走進雪地。此時，圍觀的人群已擠滿了整條街。這時山姆才拍了拍李若霜的肩。李若霜卻瞬間扣住了山姆的手筋，使山姆哇哇喊痛起來。她狠狠地瞪向山姆。

傑克森驚魂甫定，從地上爬了起來，心中一股怒火無法遏止，他大吼一聲！看著年輕警官的屍體，一動也不動地仆在地上，方才還生龍活虎地跟他嘻笑怒罵，沒想到竟然就這場無故死在這場毫無預警的災難之下。

又一個轟然巨響，爆炸震波晃動了整座警局。

「證物室爆炸了！」

「快救火！」

歹徒不知何時已混進警局，在證物室放置了定時炸彈。所有關於廢棄車場屠殺案的證物，全數付之一炬。

「快找消防隊！還能動的快去給我抓住那些狗娘養的東西！」局長青筋暴怒地吼道。

「混帳！」傑克森緊握著拳追了出去，此時已有數輛警車疾駛而去，他坐進一部警車內，李若霜也跳進警車副座。

傑克森發動引擎，警車便發出一聲怒吼，加入追捕的行列。

傑克森拿起呼叫器：「犯人位置！」

一聲雜音後，呼叫器傳出：「他們車速極快！正向南行駛！」

傑克森急道：「嫌犯可能想過皇后大橋！」

又一聲雜音：「從約克街會合包抄！」

所有警車齊答：「了解！」傑克森油門一踩，警車直線加速前行，傑克森來回左右閃躲著阻礙在前面的車陣，打算在嫌犯上皇后大橋之前將他攔截下來。市民面對傑克森胡來的舉動，都感到十分不滿，紛紛對穿梭車陣的警車連按喇叭。
傑克森憤怒地捶打方向盤：「媽的！我一定要抓住那混帳！」
警車急速穿梭在曼哈頓，所有景物都被速度向後拋去。
忽然，李若霜在胸前劃了一個無形的圖案，然後觸碰傑克森的額頭。「想報仇的話，就把你的腦子冷靜下來！」
傑克森感覺一陣冰冷。
奇怪的是，李若霜的語調雖然冷淡，但卻極為有效，傑克森不再大吼咆哮。他安靜下來後，依然繼續以飛車急速趕往會合地點。
他不解地自言自語道：「是我的幻覺嗎？為什麼我感覺那殺人魔是沖著我們來的？」
李若霜語調低沉道：「他的確是針對我們而來。」
「為什麼？」
李若霜淡然：「不是你，是我。是給我的信號。」
「信號？」
「沒錯。」
「是要威脅我們放棄偵查嗎？」
李若霜看了傑克森一眼，卻沒有回答他提出的問題。
寒風勁吹，李若霜的黑色髮絲迴旋飄舞於天際之間，瓷玉般的頸子也半露於外。她閉上雙眼，感受那徹骨的寒意，也讓自己陷入沉思當中。
「不。」李若霜道。
「是給我們新線索繼續偵查。」

忽然，李若霜微微一笑。
那笑容極甜，美得令人目眩神迷！
卻也令人背脊顫慄！

第三章
Ghoul
怪物

PM 13：35 皇后大橋

警車呼嘯而過！

傑克森急轉方向盤，輪胎發出野獸般的怒吼！

傑克森的警車咬在歹徒後面，一陣警笛聲，其他警員也追了上來。

傑克森暗自咒罵了一聲。原本他們的計畫是將那貨車攔截在皇后大橋之前，將歹徒逼出之後逮捕歸案，但當傑克森剛到皇后大橋前時，貨車卻已經從他面前疾駛而過。

「嫌犯要過橋了！」警員在呼叫器中吼道。

「要開槍嗎？」另一個警員問道。

「開！都開！」

「沒中！」

「媽的！」

「訓練白上了你們！」

傑克森將油門踩死，警車與貨車距離越來越近，輪胎卻不爭氣地打滑，警車失速。撞上橋墩，所幸沒掉下冰冷的河裡。

熄火。

傑克森重新追上，卻怎麼樣也發不動。「媽的！」

「傑克森。快追上！」無線電發出叫喊。「嫌犯躲進廢棄工廠了！」

「混帳！偏偏在這時候車子出狀況！」

無線電發出訊息：「山姆局長已經到達現場，並派遣A隊（A TEAM）進行攻堅任務！」

傑克森驚呼：「連A隊都被請出來了？看來局長也被激怒了。」

李若霜不知何時已經下了車，從橋墩望向布魯克林老舊的灰色建築群。

她望著警車鳴笛的方向。「應該是那邊吧？」

「欸，等等啊！你真的用要走過去？」

李若霜沒有理會傑克森，逕自向橋的另一端走去。

傑克森試圖跟上她的腳步。

AM 13：35 皇后大橋廢棄工廠警戒線內

十分鐘。

距離前次回報，已經足足過了十分鐘！

是什麼原因讓紐約最訓練有素、最有戰力的反恐小組，忘了向署長山姆回報攻堅進度？

「喂？喂？搞什麼鬼！」山姆對著通話機吼了幾聲，試圖要求對方回應，換來的，只有頻道失焦的雜訊沙沙聲。

想為同伴報慘死之仇的員警們，將廢棄工廠層層包圍。

原本A隊的出動，大大鼓舞了警察的士氣。

所有人都樂觀預期，這是一場勝仗。

如今，異狀的發生，使得所有人鴉雀無聲，整個紐約警部籠罩在一股詭異的氣氛中。

先前蓋達組織再次襲擊紐約，A隊也僅僅花了五分鐘，就控制了場面。

殲滅在場所有恐怖分子共十員，一輛武裝坦克與一顆核子未爆彈！

他們是紐約警署的精英，擁有嚴格的紀律與優勢的火力。當地媒體戲稱，如果有案子他們辦不成，那紐約市民的安全就薄如衛生紙了。

方才幾名A隊的隊員還虎虎生風地在他們身旁，談笑風生，攜帶M4A1自動步槍，MP5突擊步槍等強大火力進入廢棄工廠，還說討論起等會要哪個餐廳喝什麼年份的酒，抽哪牌的雪茄比較對味。

現在，他們已經失聯將近十分鐘。

這代表了什麼？

先前欣喜的氣氛已然消逝，取而代之的是一片愁雲慘霧。

「該死！」山姆氣得把拳頭砸在警車前蓋，又將通話機扔到車內。

「到底出了什麼事？」

「他……他們該不會出了什麼事嗎？」一名警員聲音發顫，顧著自言自語，沒看見身邊其他人，也一樣用不之所措的眼神，看著勃然大怒的署長，以及後方不停閃光拍照的記者。

傑克森站在山姆身後，也不禁也覺得毛骨悚然。

他從未見過紐約警署這麼狼狽過，不禁搖搖頭道：「看來，A隊可能真的出了狀況啊。」

李若霜無言凝視著廢棄工廠，獨自佇立於雪地。

山姆怒道：「不可能！A隊都是紐約最強大的反恐戰力。論戰術運用、膽識、槍法，都不會比SWAT，甚至任何正規軍種來得差！你懂不懂？」

成了代罪羔羊被大削一頓，傑克森只能摸摸鼻子自認倒楣。

封鎖線外，也有不少圍觀的群眾，拿著手機跟ＤＶ紀錄這場突如其來的好戲。

忽然群眾嘩的一聲，指著天空。

「你看！」

「那是什麼？」

從廢棄工廠的一個窗口，無聲飛出個物體，隨著漫天飛舞的雪片一同飄在灰濛濛的空中。

碰——！落在白色雪地中，深深陷入。

「這、這是什麼東西！！！！」

「啊、那是……！救命啊！」

前面看得比較清楚的無聊人士一哄四散，有的嚇得褲襠滿是屎尿，大多數人是嘔出一些濁黃色的穢物。

當然也有一些不怕死的傢伙，拿著手機狂拍上傳，連阻止都來不及。

「各位觀眾！這裡是警方緝捕兇嫌的現場。剛才從工廠飛出了一個東西，記者馬……嗯……嘔喔喔喔喔！」

攝影機鏡頭前，記者早已不知去向。

攝影師盡責地仔細拍攝飛出的「東西」，對焦鏡頭卻也開始手震。

那是把沾滿了血的ＭＰ５，附著在其上有半根手指。

另外還有殘缺的頭顱，連著黏呼呼的腦與眼球！它們靜靜躺在雪地，再也找不回一絲生命的氣息。

「是艾迪！！」

終於有警官認出了屍首的主人。

有人抱著頭痛哭：「老天爺，是誰幹了這種事！」

也有人終於受不了，當場昏倒。

山姆也知道，他完全失敗了。

任內發生這樣的事情，真是始料未及。

先是十七人離奇虐殺案。緊接著是警局發生槍擊殺警事件。現在連引以為傲的Ａ隊都凶多吉少。

山姆呆望著天空，盤算著自己所剩不多的仕途。

「走了。」李若霜忽然動身，向傑克森道。

傑克森恍然：「啊？」

「你不是我的搭檔嗎？」

傑克森吞口水，點頭。

「那就來吧。」

「你是認真的？」

李若霜沒有多說，靜靜地離開山姆與陷入恐慌的ＮＹＰＤ。

她取出藏在右腿外側的手槍。

上膛。

黑髮散落的亞洲女子，信步走進廢棄工廠。

黑人警官吞了一口口水，脅槍跟進。

＊＊＊＊＊＊＊

AM 14：09 廢棄工廠。

一片死疾。

鐵皮牆壁上，斗大的通風扇，在盡頭緩緩旋轉，來回切割工廠裡唯一的光源。

李若霜走進工廠，躡手躡腳跟在後頭的是傑克森。

空氣中盡是灰塵與鐵銹味。

零度以下的空氣，令傑克森不禁直打哆嗦。

工廠被廢棄的機器佔滿，那些機械或鐵塊，鑲嵌在這凍結般的空氣中，任隨時間腐化衰敗。

李若霜走著，不急不徐。貝瑞塔垂在手上，閃著銀光。

不遠的前方，有個通往上層的鐵梯。

「從這裡應該可以通往方才飛出頭顱的房間吧？」傑克森心想。

「傑克森！裡面的情形怎麼樣？」無線電沙沙兩聲傳來山姆的問候。

傑克森回道：「目前在一樓，安全，沒有狀況。請求前進。」

「好。請繼續。」山姆下達指令。

只是李若霜似乎根本不在乎，不斷快步深入。

走上鐵梯，李若霜似乎看到什麼，忽然停了下來。

她的聲音冷若冰霜：「別上來。」

傑克森嚇了一大跳：「怎麼了，看到嫌犯了嗎？」

「接下來的景象，你受不住的。」

「就算你是聯邦調查局探員，也不能這麼瞧不起人。」傑克森一時賭氣，搶在李若霜前登上二樓：「好歹我也是受過專業訓練的警……」

話沒說完，傑克森不知道踩到什麼東西滑倒。跌坐在地上，他只感覺手心摸到了什麼黏膩的東西。

鮮豔的紅色液體在繡黃的地面四處亂竄，由高處緩緩往鐵梯滴落。

幾個殘敗的屍塊遺留在前方，透露出不久前發生的一場殘暴殺戮。

無線電不小心掉到暗紅色的血池裡，再也發不出聲音了。

傑克森受過專業的警員訓練，知道在極端的處境中應採取什麼樣的行動。如今，他卻什麼都做不到！

唯一做得到的事情，只有不住地顫抖！

李若霜又在胸前劃了個圖形，然後拍拍他的肩：「我說過的。」

傑克森忽然覺得自己不再發抖，情緒瞬間冷靜了下來。李若霜走到一具肋骨外翻的屍體前，他手上還拿了把散彈槍。顏面並無損傷，一看就知道是方才在警局開槍的那個黑人。

「兇嫌已經死了？」傑克森詫異道。

前方鐵門緊閉的房間，不斷傳來怪異的聲響。

「那麼……在裡面的，究竟是誰呢？」李若霜自言自語道。

「這是誰？」李若霜向前到另一屍塊旁，翻開溼透的套頭毛帽，向傑克森問。
毛頭套底下是半顆頭顱，眼珠子和它只剩下神經還有連結。
傑克森看了一眼，差點痛哭失聲：「路易？到底是誰幹了這種事……」
李若霜微微一笑：「要知道，就往前走。」
傑克森不再畏懼，擦掉臉上的血，跟在李若霜後頭。
「路易，我會幫你報仇的。」傑克森暗自說道。
狹窄的走廊遍佈血跡，看來像是走在某種巨獸的腔體。
血色的黯淡。
鐵銹與血雜揉成一種特殊的腥味，陣陣迎面撲來。
那味道好幾次讓傑克森差點暈厥過去，但他復仇的意志卻使他馬上清醒。
李若霜卻似乎絲毫不受影響，在腥風血雨裡微步穿梭，黑髮飄逸不經意露出了磁白纖頸。
傑克森回過神來，一道門扉半掩在血色走道的盡頭。
李若霜停下腳步，黑人警官一個閃神就撞上了李若霜。
傑克森只覺一陣香甜氣味撲鼻，軟膩的觸感像電流般從李若霜肩肌流出。
「你確定要跟我進去？」李若霜語調變得低沉。
傑克森語氣堅定：「我要為死去的同事報仇。」
「很危險喔。」
「怕危險，當初就不會成為警察。」

「我・不・會・救・你。」李若霜一字一字，說得清晰。

「聽清楚了嗎？」

傑克森骨碌一聲將口水吞下，沒再說什麼。

「我當你是聽清楚了。」李若霜嫣然一笑。

鏽蝕的鐵門「嘰——」一聲打開。

一陣強光。

那是傑克森永遠無法忘懷的畫面。

傑克森頹然跪在門前。眼神空洞地看著前方。那窗戶正對著工廠大門，傳來外界嘈雜的聲音。他看著這似乎被世界遺棄的房間。

無法理解，也無法思考。眼前上演的究竟是何種光景。如今，他倒希望這是場夢……一場腐蝕了真實感……腥臭無比的夢！

笑，是所有人一致的表情。

詭異的是，那只有表情而已。表情之外，沒有半點聲音。

沒有人理會倒在血泊中的嫌犯。儘管他硬生生被折斷的手，只怕再也戴不上手銬。

其中一個女人見傑克森來，就跑了過去。

是妮娜。傑克森認識她，她是A隊中最準的槍手。

「妮娜！你們在幹什麼？」

妮娜沒理傑克森。她一直笑，笑著把自己的手套脫掉。然後在傑克森面前，一根一根把手指扳斷！

血從骨肉交界處噴出，隨著心臟的舒張高高低低。

妮娜流淚了，卻依然笑著。

「救我……」傑克森彷彿聽到她微弱的呼救。

「先…先別動，我馬上……」

話沒說完，妮娜被一名高大男性推倒，口腔被強壯的雙手活生生撕裂！

傑克森馬上就認出這男人。法洛，A隊中最活躍的成員，傳聞即將取代現任隊長山謬。

山謬則是傑克森的遠房親戚，也因為如此，傑克森才在警校畢業後被引薦到紐約警局。

法洛那對極受女性歡迎的電眼，現在，卻只透露出發狂般的野獸光芒！

法洛嘴角上揚望著李若霜，然後發出一陣低吼衝向她。

李若霜準心正對他眉心，扳機一扣，瞬間擊發。

子彈以每秒三百米的速度聲鑽進法洛的腦袋，並從後方炸開一個大洞。

「你他媽在幹什麼？」傑克森開始歇斯底里地叫。

再也無法露出笑容的妮娜，顫抖著剩餘的肉體，蠕動著軀體爬在血中。

爬向前方堆滿各種奇形怪狀的屍塊。

那是克里斯、威斯卡、雷貝加、吉兒………正在前方……他們笑著，對自己被扒開的腹腔瘋狂翻攪！

笑著拉出臟器，笑著分食各自的皮肉。

即使破了大洞的氣管冒出血沫，喉嚨依舊咕嚕咕嚕地產生莫名的聲響。

沒有一個人身體是完整的……就像被巨獸撕裂一般……

傑克森乾涸的喉嚨叫不出半點聲音，任由這場超真實的幻覺，在他面前活靈活現地上演……………

他忽然想到停屍間裡福斯特探員的屍體，也跟他們一樣殘破不堪。

難道……紐約黑幫慘案的兇手，就和現在一樣，就是他們自己？

他再也忍不住，倒頭就吐了出來。

只見李若霜跨過殘骸，美麗的眼眸露出一絲奇異的光芒。

碰碰碰碰碰碰碰碰碰碰碰碰！

槍口裊裊生煙。

十二道旋線精準無比地打在每個發狂的A隊成員額頭中間。

傑克森被突如其來的連續槍響震醒，他的充滿淚水的眼神似乎不能理解李若霜的舉動。

「你他媽在幹什麼？」「你他媽在幹什麼？」傑克森聲音愈來愈小，看來已接近崩潰邊緣。

「這樣，才能讓他們安息。」李若霜輕輕地對他說。

纖細的右手，在胸前劃了個十字。

外頭圍觀的群眾聽到接連不斷的槍響，也不知道是恐慌還是興奮，異口同聲發出「哇」的一聲。警員們只能盡力阻擋隨時要突破衝入現場的記者。

一切都平息了下來。

剩下蕭瑟的北風，從窗口緩緩吹入。

李若霜又在胸前劃了個無形的圖，然後拍拍傑克森的肩膀。

「結束了。」

跪在地上的傑克森，緩緩抬起雙腳。

這次他注意到李若霜的動作了，他不知道李若霜在做什麼，但他很確定，那不是在劃十字。

此時，他竟看到一個碩大的黑影朝著李若霜衝去，攔腰撞上！

李若霜被黑影壓倒在地。

那黑影正是傑克森再熟悉不過的人。

那是隊長山謬，印著A隊字樣的制服，早已被紅色的汁液浸濡，且破爛不堪。發了狂的山謬像是飢餓的野獸，露出了長牙在低吼。

李若霜面對這樣的情況，似乎還沒反應過來。被壓倒在地上一點動作也沒有，完全無法抵抗。

傑克森趕緊拿起槍，顫抖地瞄準山謬：「快點放開她！」

山謬雙腿跨在李若霜腰間，轉頭望著傑克森。

那不是人類該有的眼神！

當人失去理智後，是否也會有這樣的表情？

傑克森沒有時間思考。

山謬黝黑的臉扭曲成一種奇異模樣，然後發出高音頻的刺耳噪音。

「放開她！」傑克森重複了一次。

山謬頸部發出喀喀的聲響，望著傑克森的眼，竟然流出了眼淚！

他沒有說話，但傑克森已經瞭解他的意思。

傑克森雙眼一掙，槍口爆出火光，子彈隨即貫穿山謬腦袋。

山謬承受三百焦耳的後座力晃了一下，但卻絲毫沒有停下動作！

粗狀的手臂眼看就要扭斷李若霜撕裂的纖細的軀體！！！

電光火石間，只見山謬巨大的軀體陡然一震，李若霜手中竟多了把短劍，銀白劍身深深沒入山謬胸口！

山謬終於斷了氣。

傑克森第一時間抓住山謬頹然的雙肩，顯然已經沒有了呼吸。

他扶起李若霜，那若有似無的觸感暫時讓他忘卻了

並注意到她纖細的無名指上原來有只銀戒。

製作精美，看來是古品。以鐵勾為背景。

「FINIS INITIUM」

什麼意思？傑克森沒有多想。

李若霜被巨漢壓倒，但起身時傲氣依舊，臉上看不出一絲疲態。

「你沒事吧？」反倒是李若霜問傑克森。

傑克森沒有說話，只是呆呆地望著山謬冰冷的屍體，滿身濃得化不開的血腥味。他低著頭自言自語：「怎麼會這個樣子………」

李若霜輕淡地說：「節哀。」

傑克森忽然暴怒：「你當然說得輕鬆！這是我同事，同事！他們都是好人！為什麼落得這種下場？」

李若霜石雕般冰冷的臉一沉：「這是不可避免的。你如果不想死得跟他們一樣慘，最好振作起來。」

傑克森怒不可抑，吼道：「你再說一次看看！」

李若霜沒有理會他。

此時寒風從窗口簌簌吹入，飄進雪花，凍結了地上的血。

她將頭探出窗口，人群如向日葵看見太陽，被她吸引過去，鎂光燈不斷地閃。

忽然一陣狂風，吹得李若霜長髮亂飛。

她靜靜站在原地，眼睛竟閉了起來。手指深深陷進白嫩的手臂，似乎陷入了一場夢魘般的沉思。

傑克森察覺異樣，「你在做什麼?還好嗎?」她深怕眼前的東方女子也發了狂似地把自己的內臟全拉出來。如果這樣，他一定會當場發瘋。

李若霜杏眼微睜，身軀陡然震了一下。「快趴下!」

「幹什……………」

還來不及說話，李若霜一個劍步，以極快的速度揪起傑克森衣領。

尖銳的火焰，如劍一般刺穿下雪的天空。

一顆火箭彈就這樣竄進廢棄工廠二樓!

轟然巨響!

火舌將工廠炸成碎片，也帶給收看直播的觀眾們，無與倫比的高潮。

第四章 Mayor

市長

PM 23：17 紐約暗巷

身穿深灰色防風大衣的男子，從口袋裡的鐵製煙盒，那煙盒在寒冷的雪夜中散發著銀色的光芒，似乎是價值不斐的高級品。

火紅色的光點燃了那人手中的煙頭，他灰黑色的圓帽，也隨著火光忽明忽暗。煙幕瀰漫中，銳利如鷹的眼神穿透白幕，直視著李霜冷漠的雙瞳。

暗巷後面的污穢與黑暗，正是世界之都的真實面貌。下水道竄升起白白熱氣，夾雜陣陣惡臭，使人胃液翻騰。

有人說，大雨能洗淨都市的罪惡，不曉得雪有沒有同樣的效果？

「找我有事嗎？」李霜雙手交叉，對問那人道。

那人不以為意地笑著：「好友舊地重遊，是不是應該照個面，敘敘舊？」

李霜無言望著男子。

那人嘴角上揚輕蔑地笑：「畢竟，我們也曾是同伴。不是嗎？」

只見李霜面色一沉，美麗的雙眼立即流露出陣陣殺機。

「你想說的，就是這些廢話？」

「長話短說。」男子將見底的煙屁股丟到骯髒的街角：「關於你接手的案子。」

「……」

「勸你不要再深入了。」

「……」

「這件案子，不是你能力所及的範圍。」

打火機「喀」地一聲又點燃一支煙：「會有性命危險喔。」
李若霜笑著說：「哼。這可不像從你口中說出來的話啊。」
「我沒有跟你開玩笑。」男子冷冷道。
男子眼神犀利，似乎要貫穿李若霜身體：「老實告訴你，『組織』已經派人介入此事了。」
李若霜嬌軀微震。
微乎其微肢體語言，已然證明了她心中巨大的震撼。
她將表情隱藏在黑色長髮之下，冰冷艷美的臉龐不自覺顯露出一絲慌張。
李若霜道：「怎麼?這麼芝麻蒜皮的小事，組織也有控管的必要?」
男子冷笑：「這種幾條人命的小事，組織當然是管都不想管。不過………如果跟『那個』有關，就不一樣了。」
李若霜心頭又是一震：「組織也知道了『那個』的事情?」
男子皺起眉頭：「李小姐，你不會這麼傻吧?」
「……」
「這種事情，組織老早就查得一清二楚了。也知道你在其中的地位。」
「！」李若霜臉色不變，有種全身都被看穿般的不自在。
男子手揮了兩下：「事情這麼簡單的話。我會在這邊?你會在這邊?」
「來這他媽骯髒的鬼地方?」男子對紐約啐了一口：「你我心知肚明。」
「夠了。」李若霜怒火直升。
「喔?向我挑釁，有膽識。」

「如果你想阻止我，很簡單。」
李若霜隨時能取他性命M92的槍口已然不偏不倚對準男子眉心。
「就算是惡魔擋在我面前，我也會殺給你看。」李若霜眼神中，竟隱藏令人為之一寒的殺意。
「別這麼緊張，霜。我不是來攔阻你的。」
男子寫意一笑。
「我是很想幫你。不過，做出對組織不利的事情，連我都會遭殃啊。」
「那組織怎會派你來？」
男子深沉地瞇著雙眼：「是啊，或許……是要讓我們再合作一次？」
「哼。」
「總之我不會害你的。槍放下。」
李若霜撩起長裙，露出一截令人遐想的白皙大腿，然後將貝瑞塔收進固定在大腿外側的黑色皮製槍套中。
男子瞄了一眼。吹起口哨，做了個「好險」的俏皮表情。
「不過我可以跟你說，『行動』已經開始了。」
「你的意思是？」
男子點頭，將煙屁股踩熄。
「所以，今後組織的行動，會變得更極端。這點你要注意。」
男子望著混濁的天空，若有所思。然後扔了個東西給李若霜。
一張名片。

男子向李若霜眨了眨眼，嘴巴一張一闔，好像說了些什麼，卻沒發出任何聲音。「聽我的，霜。」

男子走入暗巷，漸漸被黑暗吞沒。

「別再插手。算是老友對你最後的忠告……………」

「慢著！」李若霜追了過去，那人卻早已不見人影。

男子是誰？

名片代表的是什麼？

李若霜追查的真相，又是什麼？

外頭，依舊繁華紐約依舊歌舞昇平。

絲毫不知巨變即將來臨。

翌日 AM 10：38 紐約警局

對紐約警局來說，今天是沉重而悲慘的日子。

辦公室裡從來沒這麼安靜過，所有人看著電視螢幕上蓋滿國旗的棺材。躺在裡頭的，正是他們的熟識夥伴。

這兩天，紐約警局已經損失太多弟兄，士氣自然也降到了谷底。剛剛從教堂回到局長室內，山姆氣急敗壞地踱步。

他斜眼瞪了李若霜一眼，欲言又止。

傑克森敲門，然後拿了兩杯咖啡進來。一杯遞給李若霜：「哪。這是我們局內最好的，喝一口？」

李若霜手交叉搖搖頭。

此時，一個白人警察腋下夾著文件，跟傑克森交頭接耳一番。傑克森一臉驚訝，轉身向李若霜道：「嫌犯的身分查出來了。」

傑克森將咖啡塞到李若霜手上，也不管李若霜到底要不要。李若霜勉強啜飲一口，稍稍紅潤了李若霜幾近蒼白的臉頰。

傑克森繼續道：「持散彈槍的，叫安傑・柯波拉，三十四歲。車手叫丹尼斯・萊爾，二十五歲。」

李若霜點頭，指示他繼續說下去。

「兩個嫌犯，一個是建築工人，一個是銀行理財專員，在這之間完全沒有交集。」

「不是黑幫的？JJ幫？」

「不是。」傑克森搖搖頭：「看來這條線是斷了。」

李若霜不置可否望著窗外，似乎在思索下一步。

好不容易，山姆停了一下腳步，他將傑克森手上另一杯咖啡搶來。急急灌了一口，然後對李若霜道：「市長等一下就過來警局，他會問你昨天案情的細節。算是來慰問吧。」

「隨便。」

「市長來幹嘛？」傑克森問道。

山姆苦笑：「你說呢？舉國皆知的事件，他不露個臉表示關切，他政治生涯怎麼辦？」

「能不要嗎？」傑克森近似求饒。

「如果你不想幹的話。」山姆斬釘截鐵地道。「市長是出了名會記仇。跟他有過節的人現在都不在政壇了。你想做烈士嗎？」

「我又不是政治人物。」

「那不是死更快？」山姆笑呵呵。

「狗娘養的！」傑克森咒罵了幾句。

傑克森顯然相當不悅，好不容易歷劫歸來，還要被人當作人政治活道具。

山姆嘆口氣，尷尬地笑著對李若霜道：「發生這麼恐怖的事情，居然還要讓你陪市長應酬，也難為你了。」

對此李若霜沒有做任何回應，話鋒一轉：「很遺憾沒有救回A隊。」

「不……這只能怪……他們命不好吧。」山姆手有點發抖，顯然有些恐懼：「遇到這種恐怖的事情……連屍體不完整……真不知道怎麼對殉難家屬交代啊。」

傑克森自然對此記憶猶新，誰能忘記一顆搭載有相當兩百公斤ＴＮＴ黃色炸藥的致命武器朝自己的屁股飛來？

那火箭彈不偏不倚直接命中工廠，爆炸的瞬間，將所有屍體炸成了焦炭！！

當時發生了什麼事？傑克森竟然一點印象也沒有。

他唯一記得的是當時緊貼在她身上。

一陣天翻地覆的炸裂，全毀的廢棄工廠，只有他與李若霜毫髮無傷。

他四腳朝天倒在一堆廢鐵裡，李若霜則在廢墟，迎風而立。

怎麼可能？連他自己也不相信！

兇手逃逸無蹤，屍體，證據也被燒成一堆焦炭。

他仔細端詳李若霜的臉，肌膚吹彈可破。汗毛上似乎有一層看不見的光環圍繞，閃耀著動人的光芒。

怎麼看都只是個美麗而柔弱的東方女子。

為什麼這樣的女子，卻散發出一種令人懾服的魔力？

「為什麼會這個樣子？包括先前紐約黑幫……ＦＢＩ……一直到現在……一週內紐約已經出了這麼多條人命……」

傑克森道：「真希望這是場惡夢……為什麼…他們會自相殘殺…用這麼可怕的方式…」

他想到Ａ隊成員們自己撕裂自己，駭人的死相！

傑克森只能不停地哆嗦。

說到這邊，局長忽然想到：「法醫的報告出來了嗎？」

傑克森回道：「泰德說今天應該可以化驗出來。」

「好，我要第一個知道。」局長咬牙道：「我一定要將這些王八蛋逮捕歸案！」

「長官，紐約市長來了。」一個年輕警官敲門在外面道。

山姆不耐地說：「知道了。」

他向李若霜使了個眼色，李若霜反應不大，只是輕輕點頭。

山姆有點提醒意味，小心地說：「等一下你們不要多說話，交給我就好。」

話沒說完，局長室大門被粗暴地甩開。

西裝筆挺，修面整齊的金髮男子，手插口袋站在門前。後面跟拍的記者閃光燈不停閃爍。

紐約市長，尼爾・史督瑞。保守黨領袖之子，坐擁雄厚的政治實力，從政沒幾年，便身居要職，更順利當上紐約市長。然而，他從政以來醜聞不斷，貪汙、恐嚇、竊聽，最為人周知的，就是他極為好色，而他也從不避諱自己的本性。儘管花邊新聞不斷，尼爾的得票率仍高達七成。有些學者說是民眾盲從心理，也有人認為跟尼爾當年到某東方小島習得的政治手段脫不了關係。

臃腫的體態，跟他身上亮麗的服裝極不搭調。

尼爾一進局長市就開口：「廢棄工廠的慘劇，我很遺憾。」

敷衍的開場白。

門沒有關起，幾個粗壯的保鑣阻擋了記者的視線。

這種場面山姆看多了，他也是皮笑肉不笑：「承蒙市長關心。」

「這次的慘案，的確使我們損失了許多優秀人才……」市長低下頭沉思默哀。

山姆用手巾擦了擦汗水：「是啊，這算是從九一一以來，紐約遭受最大規模的襲擊。」

「只不過，襲擊來自美國內部。」說話的是李若霜。
市長轉過頭，視線掃到其他兩個人，莫約半秒就跳過了傑克森，然後將一切專注力放在李若霜身上。
他似乎對李若霜很感興趣，毫不在意他人眼光，上下掃視，貪婪地望著美麗的東方女子。
「還沒有請教？」
「市長，容我介紹。這位就是ＦＢＩ特別派來協助的李探員。」
「幸會。李小姐。」
食指在李若霜掌心摳啊摳。
「……」
「初次見面。市長先生。」李若霜冷冷道，那聲音聽來有些火藥味。「不過，你好像有點眼熟？」
局長繼續著他無禮的行為。然後像傑克森指了指他手上了杯子：「那是什麼？」
「報……報告市長，是麝香貓咖啡。」
「幫我弄一杯，快點，我很渴。」
「……」傑克森無名火開始萌起。這是來慰問的態度嗎？
傑克森無奈啐了一口，推開擋路的記者，倒了杯咖啡給市長。
市長「咕嚕」牛飲了一口，然後又把杯子還給傑克森。連謝都沒一聲。
市長眼神一刻都沒有離開李若霜。
李若霜隱藏在黑髮下的眼神，瞪視著無禮的市長。

市長道：「這次事件可以說是這兩年來，紐約發生最大的慘案。我們勢必要盡我紐約全部的力量，將嫌犯緝捕。」

「這種話，你應該跟記者去講……」傑克森心想，卻始終沒有膽量說出。

李若霜道：「這是必然的，希望我能幫上忙。」

李若霜的回答出乎傑克森意料。

原來你也會講場面話的嘛。嘻嘻。

「很好。」

市長對著落地窗，整理了一下他儀容，然後對山姆說道：「簡報我已經看過了。」山姆沒有回話，繼續聽市長大言不慚。

「我想……A隊成員為了保護市民而捐驅，實為市民表率。所以，我想提議為A隊的成員立紀念碑，就在洛克斐勒廣場前。你們覺得怎麼樣？」

「市長這麼做，家屬一定會感到欣慰的。」山姆僵硬地說。

市長見傑克森低頭不語，拍拍他的肩安慰他：「節哀。」

要不是尼爾貴為市長，傑克森早就一拳砸在他擁腫的臉上了。

市長並沒有時間聆聽傑克森憤怒的心聲，繼續說道：「不過……鑒於慘案甚遽，紐約警力頓失，所以我們市府方面，已經請求軍方支援，協助早日偵破此案。」

「什麼！這是什麼意思？」山姆幾乎跳了起來。傑克森還傻傻的站在一旁，不知道事情的嚴重性。

李若霜回頭凝視著市長，若有所思的樣子。

「意思就是，」市長點頭微笑：「你們可以休息了，後續就交軍方吧。」

山姆光禿的額頭幾乎爆出青筋：「……結案了？」

「是啊，」市長又過來拍拍山姆的肩：「辛苦了。」

「這怎麼可以！為什麼軍方要介入？」傑克森聽到結案，終於忍不住喊道。

市長不急不徐道：「紐約警局已經為犧牲過多成員了，繼續辦案下去，不適合，也不適任。而且這些嫌犯手中，竟然擁有火箭筒這種制式武裝，我想，也已經超越紐約警局能負荷的範圍了。而且……」

尼爾市長走靠近李若霜，將他擁入懷中：「聯邦調查局好像也要捨棄你囉，李探員。」

「！」李若霜被肥厚的身軀籠罩，好像陷進泥沼無法動彈。

鎂光燈不斷閃爍，市長露出他的招牌笑容，忙著對記者揮手致意。

山姆驚道：「市長！李小姐是聯邦調查局派來支援的探員啊！怎麼會捨棄她？」

尼爾依舊保持燦爛的笑容：「局長，既然你們都被要求終結本案了，那麼你們的支援，是不是也就順理成章被撤銷了呢？」

「……看來是這樣沒錯。所以……」李若霜道：「那麼，我的任務是不是到此結束了呢?市長先生？」

尼爾連忙解釋：「不不不，還有一件事情想請探員幫忙，關於案情，我需要跟您私下聊聊，所以……」

「我沒意見。」

這樣的回答著實讓山姆與傑克森吃了一驚，整個人幾乎跳起來。

「李探員！」傑克森提高分貝，想提醒李若霜這並非好主意。

「別說了。」李若霜食指輕碰嘴唇。

傑克森注意到李若霜向他打了個眼色，他不知道那代表什麼，不過畢竟讓李若霜與市長獨處，實在太危險了。

市長道：「請兩位稍作迴避，我跟李探員有要事商量。」

光頭黑西裝壯漢振了振外套，撲克牌臉的保鑣迎面而來，看不出墨鏡下的眼神想些什麼。

「請。」渾厚的聲音不帶一絲生氣，反而使人有種不搭嘎的怪異感。

傑克森與山姆幾乎是被保鑣「架」出去。

「等……一下。」

保鑣一甩門，偌大的辦公室只剩下李若霜與市長兩個人。

隔絕了外界的嘈雜與干擾，十二月的紐約冬天，窗外依舊飄著小雪，空氣中反倒有種寂寥的氣氛。

李若霜頭倚在玻璃窗上，望著笑容滿鞠的市長。若有似無地說：「現在沒別人了，有什麼話就直說吧。」

市長臉忽然一沉：「你怎麼會發現我的身分？」

李若霜道：「你，身上，有腐敗的氣味。」

冷笑。

「很好笑嗎？」李若霜也笑。

市長從西裝內緣口袋掏出香菸，點上大大吸了一口：「不管怎麼樣，組織要我告訴你，這件事情不是你能插手的。」

「喔？你也不是第一個提醒我的人了。」

市長道：「你是聰明人，應該知道不從的下場是什麼。」

是什麼樣的組織，連世界之都紐約市的首腦，都不得不服從？

李若霜低頭半晌，才緩緩道：「……我知道了。」

李若霜走向市長，環抱他粗肥的腰際。

「喔？想通了嗎？」市長丟掉手上的香菸，捧起李若霜的臉，腦海中浮現淫亂的意念。接著，市長感覺自己的左臉像是燒了起來，一股強大的力量讓他在地毯上翻滾了好幾圈，狼狽跌坐在明亮的落地窗下。他感覺溫熱的液體從他臉上汩汩流出。

「血？是血！」市長亂叫道：「你好大的膽子！」

李若霜俯瞰著驚慌失措的市長，眼神銳利如鷹：「這，就是我的回答。」

李若霜手上已然握住一把雕工精美的銀製短劍。「告訴組織，這件事情，我會繼續查下去。如果想阻撓我，儘管試試。」

「咿……噫！！！」

「滾。」李若霜將刀刃指向市長。

市長瞪大了眼，好不容易使出吃奶的力氣站起來，狼狽地逃出了李若霜的視線。隔天，紐約警局收到公文，內容是聲令李若霜五十年內不得進入紐約市，即刻生效。由市長親筆簽名。

＊＊＊＊＊＊＊

仍是大雪紛飛的夜晚，仍由傑克森開車，送李若霜回飯店。

他不時回頭看看副座上的李若霜。如同她剛來的時候那樣，冷傲而美麗。

她出神望著外頭的雪景，沒有說出半句話。

那戒指依舊在他左手無名指上，閃耀著神祕的光芒。

「FINIS INITIUM」傑克森生硬地念著。

沒想到李若霜回過頭，以怪異的眼神望著他。

傑克森連忙指著她的左手，打圓場乾笑：「什麼意思？」

李若霜首次露出淡淡，卻很美的微笑：「拉丁文，這是先人的遺物。」

紅燈。停車。

「你看起來……不像拉丁……」傑克森擔心自己有種族歧視之嫌，便不再說下去。

李若霜似乎沒有在意，仍出神地望著車窗外的天空。

這女人神祕的身世與氣質，讓傑克森無力抵抗。

傑克森抓抓頭，繼續尋找話題，本來想問李若霜在局長室裡跟市長說了什麼，讓市長氣沖沖要把李若霜趕出紐約市。

不過，為了生命安全，還是別問得好。

反正市長桃色風波從沒有半刻間斷過。想必是被李若霜狠狠賞了兩巴掌吧？

傑克森想到就覺得好笑。

「工廠裡面……謝謝你救了我。雖然你說不會救我。」

李若霜道：「你同事的事情，我很遺憾……」

「沒關係，其實我也知道這麼做，對他們才是最好……」

傑克森拳捶方向盤：「該死！為什麼我救不了他們！」

傑克森雙手掩面自我懊悔。他搖搖頭，試圖讓自己冷靜下來。

綠燈。傑克森輕踩油門。

「對不起……」他有點在意自己的失態。

「一連串的事件，搞得整個紐約人心惶惶。」

「我一定要抓到用火箭射我的混球！」傑克森破聲罵道。「那個腦殘市長居然就這樣要終結本案！那大家不就白死了？」

「我不甘心！」傑克森咬牙。

「救不了的話，就報仇吧。」

「可能嗎？」

李若霜將一張名片遞給傑克森。

「BLOODY SABBATH。」

「知道這地方嗎？」李若霜問道。

「血腥安息日？」傑克森想了一下。

名片上圖案印有倒十字的符號，典型的次文化象徵。

「喔。我知道，墨西哥餐廳，有樂團表演，是個老樂手開的。在第五街附近。」傑克森笑道。「怎麼？請我吃飯？」

「繼續辦案吧。跟著我不怕遇到更慘的事？」

傑克森連忙道：「等等！你不是已經被市長下了驅逐令……」

李若霜神祕的笑容說明了一切。

傑克森嘴角上揚：「很好。」

李若霜笑了笑：「現在就怕了，怎麼幫死去的同仁報仇？」

他也希望繼續跟李若霜追查下去，逮捕這群喪盡天良的王八蛋！誰還管他禁令不禁令的。

「走吧。」

傑克森點頭。

方向盤急旋，警車在繁華的街道劃出一道優美的弧線。

第五章
Sorcerer
術士

警車緩緩駛入暗巷，李若霜下車後，在某地下室入口止步。樓梯深處霓虹招牌一閃一滅。

「這就是血腥安息日？」

「對，這裡是這區最有名地下酒吧。」傑克森轉頭說。

走下鐵梯，傳來盡是電吉他破音與大鼓雙踏的嘈雜聲。傑克森隨著節奏點頭。幾個倚在磚牆戴著嘻皮帽的男女，墨鏡下眼神恍惚。幾個高大的黑人圍繞在李若霜身旁。

傑克森瞪了一眼上前要搭訕的落腮壯漢：「嘿！離他遠一點！」

落腮漢露出牛仔外套下苦練許久的肌肉：「怎麼？要幹架是不是？」

落腮漢的同夥看見有架可打，興奮地拿著蝴蝶刀甩啊甩。

「？」李若霜滿臉問號望著傑克森。

傑克森也不解地雙手一攤。

傑克森亮出警徽與槍，槍口直直對著落腮漢的腦袋。

「嘿嘿嘿！別這樣老兄，我們只是開玩笑的。」落腮漢舉起雙手擺出投降的姿勢，與方才的凶惡模樣完全不能相比，完全就是個橡皮臉，極為可笑。

傑克森將槍與警徽收起，「我們走吧。」

「你好像不太一樣了喔。」李若霜說。

傑克森沒說什麼。

他心中也訝異於自己心態的變化。

過去的他，可能不會有這種硬派作風。但經過各種獵奇案件的洗禮，他沒有被擊垮，心理素質在短短幾天之內，已經提升到一個層次。

就像是戰場上，即使戰鬥能力相同，新兵與老兵之間的心理素質差距，仍是不可同日而語。

李若霜向橡皮臉落腮漢微笑，便跟著傑克森穿過舞池上上下下跳動的人們走近舞台，主唱聲嘶力竭。

看來傑克森很愛這種老搖滾樂，他興奮地舉起手，比出惡魔角的手勢：「耶！！太讚啦！」

「他們在唱什麼？」

「史奇洛樂團的MY ENEMY，他們九〇年代最後一支HAIR METAL樂團。」

「HAIR METAL？」

「就是頭髮留很長、很嘻皮那樣。」

李若霜皺著眉，只覺得古怪。「像槍與玫瑰？」

「槍與玫瑰？也可以這麼說啦。」傑克森道。「或者你可以說是毒藥合唱團。」

主唱看見傑克森，也以惡魔角向觀眾致敬。所有人都盲目地舉起雙手，舞動著手勢。

「不是很喜歡。」李若霜回答：「但至少挺有活力的。」

「不然你平常都聽什麼？電子樂？流行樂？」

「我都聽爵士。」

「我也是，比爾伊凡斯是我的最愛。」

李若霜難得莞爾一笑：「我以為你們黑人只懂饒舌或嘻哈。」

「沒人規定黑人只能懂這些吧？」
李若霜難得露出莞爾一笑。
「現在呢？」傑克森問。
李若霜四周張望了一下，道：「我想找這裡的負責人談談。」
傑克森吸了口氣：「好吧。」
舞台後面有一道門，門外左右各放置兩座油桶，一個彪型大漢如巨柱般立門前。門上標示紅燈忽明忽滅，上面寫著「經理室」。
彪型大漢把傑克森擋在門前。「閒雜人等不得進入，要聽表演去前面。」那男人聲音十分低沉。
李若霜道：「我要見你們的負責人。」
「老闆這時間是不見人的。抱歉，請離開。否則我就得把你們轟出去。」
傑克森仰頭看看身高六呎四的莽夫無計可施，只好手插著腰搖搖頭望著李若霜。李若霜眼神忽然一沉，顯現出森冷的光芒。
傑克森暗呼不妙。他不希望李若霜在這邊惹事，畢竟這裡是這地方龍蛇雜處，就算是警察也不能掉以輕心。要是一個不慎，可不是挨個幾拳就能了事的。
「那麼。」李若霜伸出了纖細的手。
「李探員！」傑克森連忙想阻止李若霜。「別衝……」
「請轉告你老闆。」
李若霜將左手無名指上的戒指取下，交給彪型大漢。
「格奧爾格來了。」

彪型大漢一臉狐疑。看了看那戒指，再看看李若霜。
「好吧。聽著，你最好別耍什麼花樣。」
「謝謝。」李若霜點頭致意，沒有任何表情。
「叫我約翰。」大漢隨即進門。
「我以為你會把他給拆了。」傑克森鬆了口氣：「格奧爾格?那是什麼?」
李若霜沒有回答，黑色長髮下的眼神閃動了一下。
不久，約翰出來了。神態十分凝重。
「進去吧。老闆正等著。」
「謝謝你，約翰。」
「別客氣。」約翰將戒指還給李若霜。
傑克森歪著嘴凝視著那戒指，看來這戒指道是有不小的來頭啊。

「FINIS INITIUM」

到底是什麼意思……
李若霜向傑克森使了個眼色，但他不曉得李若霜要表達什麼。
進門後，約翰小心翼翼地從外面鎖上，這舉動讓傑克森緊張了起來，連忙敲門：「喂！大隻佬！」
李若霜依然神態自若，輕聲向傑克森道：「不打緊的，走吧。」
經過燈光極暗的紅磚長廊，傑克森聞到一股怪味。但他說不上來是哪裡奇怪。抓抓頭，莫可奈何只好往前。
阻止了傑克森掏槍的舉止，李若霜開啟了隱藏在長廊深處的那扇門。
房間裡的裝潢擺設，與外頭酒吧的污穢混亂顯然大異其趣。

火爐傳來暖和的熱氣，暗色的木製地板上鋪著一層看來年代久遠的波斯毯。石造牆壁上的獵槍，看來是把老舊的M14。另外還有一些古書，羊皮捲軸等等，整體的空間感受，讓人覺得不是處於二十一世紀的現代。

一頭長捲白髮的中年人，戴著眼鏡坐在寬廣的木桌前，在燈下閱讀著泛黃的羊皮紙。

「又見面了，李若霜。」

傑克森暗忖：「這傢伙怎麼會知道李若霜的名字？」

面對這位中年人，李若霜倒抽了一口氣。即使只有些許，傑克森還是從李若霜臉上讀出了一種難以置信的感覺。

「我還以為又是哪個招搖撞騙的傢伙，竟敢自稱格奧爾格。」中年人笑道。

「約翰跟我講的時候，本來想叫他把你們直接包起來丟下布魯克林橋。直到……」中年人冷不防射出銳利的目光：「你的戒指，出現在我眼前。」

中年人將戒指扔給李若霜。

李若霜順勢戴回左手無名指。

「我還在猜鷹為什麼要我來這，」李若霜冷笑：「看到你，我多少有點明白了。」

中年人點燃了手中的煙斗，笑道：「鷹就是這樣，老是喜歡搞點小神祕。」

「他有他的苦衷。」李若霜聲音有點滄涼。「你也跟以前一樣，熱衷煉金術跟神祕學。」

「先別提我了，」中年人放下手中的羊皮紙：「倒是閣下，最近挺出風頭的，警局持槍駁火、工廠爆炸案、接著又襲擊市長，被下了逐客令。呵呵呵……你火爆的個性還是沒改。喔，也不能這麼說，花名遠播的市長，也該是他嘗點苦頭的時候了。」

中年人笑得樂不可支。「不過，鷹試圖阻止你繼續向下追查，卻又指引你到我這邊來……到底是何居心呢？」

李若霜無言盯著眼前的老人，雖面無表情，但連傑克森也看出她情緒浮動。

「言歸正傳。」中年人清了清喉嚨，放下煙斗：「以前，我們一同度過了許多難關。但……」中年人搖搖頭：「這次不一樣了。」

李若霜疑道：「我不懂。」

「離開巴格達後，我回到紐約，原本想過平靜的生活，直到最近我在市區，遇見了渡鴉（R. A. V. E. N）的成員。」

「渡鴉？你是說程序執行者？」

「是的，程序執行者……」中年人直視著李若霜，眼神顯露出十分嚴肅的模樣：「他們已經來到紐約了。小心，他們不是普通的角色。」

「等等！」傑克森聽兩人的對話，直是丈二金剛摸不著頭緒。急問道：「李探員，這到底是怎麼回事？一下子又是鷹，一下子又是烏鴉的。你們倆難道是熟識？」

「忘了自我介紹。」中年人起身與傑克森握手致意：「吉米・貝克。」

「傑克森。」傑克森報完姓名，過了兩秒才跳了起來：「吉米・貝克！！」

吉米從嘴裡吐出白色的煙霧，笑道：「怎麼？認識我？」

傑克森激動道：「鼎鼎大名的奇異飛船主奏吉他手在我眼前，我居然沒有認出來？」他怎麼也沒想到會在這裡遇到搖滾界的傳奇人物。

奇異飛船。由主唱普蘭特、貝斯手瓊斯、鼓手波南、以及吉米．貝克所組成。樂風橫跨藍調、鄉村，是史上第一支使用重複節奏，強力鼓擊，加上貝斯穩重的音牆與主唱普蘭特高亢的嗓音，被視為重金屬的始祖。獨領六、七〇年代搖滾樂風騷，第四張專輯被視為搖滾史的經典。

一九八〇年鼓手波南暴斃在吉米家中，死因是嗑藥過度與酒精中毒。從此樂團便在樂界消失無蹤，成員對此也三緘其口，其死因成為搖滾史上的一門懸案。

「好說好說。看來你也是個小搖滾。」

「我看過你在麥迪遜廣場的表演影片，那是史上最精采的演出！」

「謝謝。」吉米點頭致意。「那是很久以前的事情了。」

「我有這個榮幸能請你簽名嗎？」

「等會吧。」吉米問李若霜道：「你的新搭檔？」

「紐約警局。」李若霜輕描淡寫傑克森的來頭。

吉米打量了傑克森幾眼，問道：「小夥子，你知道自己纏上了什麼嗎？」

突如其來的疑問，傑克森顯得有些不知所措：「吉米先生，我不知道……」

吉米瞇著眼，細聲一個字一個字說道。

「死．神。」

傑克森猛然覺得一股陰氣從腳底直竄到頭頂。

李若霜厲聲阻止道：「吉米，夠了，別嚇他了。」

吉米吸了一口煙：「李，先離開紐約，會是比較聰明的選擇。」

「做不到。」李若霜咬牙道。

「我知道這對你來說很不容易。但有的時候，撤退不代表是一種懦弱。」吉米坐回董事椅，繼續埋首在羊皮紙堆裡。傑克森偷偷瞄了兩眼，上面盡是傑克森不懂的文字。那文字由右到左，以垂直的狀態綿延崎嶇，看來有點像是阿拉伯文。

李若霜沉默了許久，美麗的臉龐在火光下顯得更加紅潤。

「你只要告訴我，那天廢棄車廠的屠殺事件，到底隱藏什麼祕密？」

「喔？你也聞到了不尋常的氣息？」

「我就是為此而來的。」

「每個紐約市民都嗅到了。」傑克森搶著問道：「還有我的同僚們！他們身上發生了什麼事？」

說著，傑克森又想到了在布魯克林工廠一幕幕慘不忍睹的鏡頭……

吉米拍桌子怒叱：「這裡還輪不到你說話！」

傑克森身體陡然震了一下，像從夢裡醒來。

吉米拉了拉衣領道：「我不能透露太多。畢竟，我還得顧及性命安全。」

「你可以小聲點說。」

吉米呵呵兩聲：「很高興你還有點幽默感。」

「好吧，向你透露一些訊息好了。」吉米聳聳肩：「當然跟『教團』脫不了關係。」

「！」李若霜原本冰冷的表情，忽然之間震了一下。

「『教團』現在就在紐約市。我只能給你一點提示，我的孩子。」

吉米道：「The hall of tortured souls。」
「鞭笞靈魂的長廊？」傑克森道：「那是什麼？」
吉米比了一個沉默的手勢。左眼對李若霜眨了一下。
李若霜面對這句謎語般的話，暗記在心中，沒有繼續探究下去。她心中盤算了片刻，轉身離開。
「我會再來找你的。」李若霜轉身離去。
「恭候大駕。」
傑克森向吉米點頭致意，也準備轉身離去。
「慢著，小夥子。」吉米叫著傑克森，給了他一張紙片。「你不是要簽名嗎？」
「……謝謝。」
「一張給你，一張給李若霜。」
「……我不需要。」
「你會需要的，相信我。」
吉米暗笑兩聲，身影消失在成堆的羊皮紙裡。
李若霜敲了敲被鎖上的鐵門，那厚重的大門「卡」地一聲打開。門後是約翰粗壯的身影。
約翰道：「李小姐，你現在處境十分危險，請務必小心。」
李若霜點頭，沒再說出半句話。
走道前面的舞台，人潮比先前進來時更加擁擠。
台上的樂團正在演奏瑪莉蓮曼森的「Coma White」。

那是一首淒涼哀傷的搖滾慢歌。

演唱到副歌時，電吉他開始使用強力和絃，而主唱的情緒也到了高潮，觀眾的情緒也被樂團的表演感染，開始高亢、鼓譟。

主唱對自己樂團表演的成功感到十分滿意，報以觀眾尖銳的死腔怒吼聲，使整個表演到了最高潮。

「吼吼吼吼吼吼吼吼吼吼。」

「太棒啦！」

「搖滾不死！」

原本想駐足觀賞的傑克森，從後面被人拍了拍。

李若霜道：「該走了。」

傑克森嘖一聲，只好跟著離開。

此時，舞台上發生了怪事。

嗨到爆炸的主唱四處撞來撞去，正好撞在忘情演奏的吉他手，就這麼飛到台下摔了個狗吃屎。價值不斐的好琴也就這麼毀於一旦。

舞台上的鼓組被推得東倒西歪，鼓手氣得把鼓棒朝主唱扔去。

「你他媽瘋啦！」

貝斯手老早就聞風逃到了台下，慌張抱著頭，也搞不清楚到底怎麼回事。

「天啊！那傢伙抓狂了。」

台下的觀眾看到這樣有趣的畫面，都又笑又跳，開心得很。

接下來的畫面，讓全場靜默了。

主唱在眾目睽睽下，邊笑邊把麥克風緩緩塞進自己的眼窩，多餘的眼球、血液，全被攪和成莫名的液體沾滿了他的臉。痛得嚎啕慘叫。

是特技表演吧？

是啊是啊。

一定是啦。

搖滾樂嘛，總是要來點不一樣的。奧茲奧斯本不就在舞台上把蝙蝠的頭咬下來？我想，那大概呼麻爽過頭了吧？

要命。

直到主唱喊著救命，把麥克風從眼窩拔了出來，剩下一個血紅色的窟窿。

然後用手將臉頰撐開、撐開、撐開、撕裂！

所有人沉默地看著主唱玩弄自己破爛的臉皮。

「啊啊啊啊啊啊啊啊啊啊啊啊啊啊啊啊啊啊啊啊啊啊。」

酒吧裡悄然無聲，只有主唱一個人的慘叫迴響。

「快停下來！」貝斯手終於看不下去，衝上前去想阻止。

貝斯手從後面抓住主唱的雙手，主唱的手上還有自己臉頰的兩塊肉，在那邊晃啊晃，血涔涔從指縫滴下。

「古班！別這樣！」

「救我我我我我我我我我我我我我我！！！！科特！！」主唱頹然倒在自己的血泊中，眼淚直流。

科特從後面抱住古班：「沒事了！沒事了！我送你去醫院。」

科特攙扶著古班。

古班忽然轉過身，將科特的手反折！科特聽到自己的手「喀啦」，當場被古班折成兩半！

鮮血如水注從動脈汩汩噴出，他眼神呆滯地看著自己的斷手，還不清楚自己到底發生了什麼事。

所有人都驚呼了起來。這才發現原來這不是特技表演，紛紛爭先恐後尋找出口。

「科特！！！對不起……」折斷科特手臂的兇手，流著鮮血與眼淚。「為什麼？？？？我不想這樣啊。」古班大吼。

「別動！警察！」傑克森舉起槍慢慢接近舞台。「雙手舉起來！」

古班啜泣，面部痛苦地扭曲變形：「警官……我……我做不到啊……身體……」這一幕使傑克森想到了邊笑邊扳斷自己手指的妮娜、山謬……

古班掐住科特的腦杓，看他的動作，似乎要將他的腦袋剁開。

「手舉起來！！否則我要開槍了！！！！」

古班的手沒有停下來。

「警官！！！快救……我朋友……」

傑克森準備開槍！

碰！

子彈隨著旋線劃破寂靜的舞台，不偏不倚穿過古班的眉心。

古班頹軟的身體像沒了線的傀儡，搖擺，倒下。

「還是這麼優柔寡斷。」

李若霜冷冷斜視傑克森，槍口裊裊生煙。

傑克森將尚未使用的槍收起，沒有多餘的話，忙叫喚醒傻了眼的觀眾：「我們是警察！快去叫救護車！」

不知何時，吉米與約翰已在一旁靜觀這場慘劇。

吉米搖搖頭：「簡直就像瘟疫一樣。」他皺著眉，淡然叼著煙。「趁還沒有麻煩前，快離開這裡。」佩吉道。

吉米所言不無道理。如果繼續待在這裡，傑克森的同僚就會趕來，很快地，市長就會知道李若霜並沒有離開，反而持續追查，組織就隨時有可能使出殺手鐧。

殺手鐧嗎？你們以為我會害怕？

微笑。

「那麼，就此告別。」

離開。

這天晚上，相同的案例，在紐約發生了五起。

一個小時後，血腥安息日外，警車包圍了整個出入口。他們將整區封鎖起來，開始做地毯式盤查。為了避免記者滲透，警方還特別加派人馬，在各點巡邏進行安全維護。

幾名手持先進儀器的鑑識專家，先後進入案發現場。一些員警正對目擊者進行筆錄。

山姆接到線報，隨即趕了過來。他一口氣吸掉了半根萬寶路，看來心情不是很好。

醫護人員將古班的遺體抬上了醫護車。科特則被送往就近醫院急救。

「你就是酒吧的負責人？」

「是的。」

「唔……吉米……貝克？」山姆咪著眼，被紅藍交互的閃光弄得眼睛十分不舒服。「正是在下。」

「我記得你好像是以前的什麼什麼的吉他手是吧？恩……喔，對了，史公子飛船對不對！」

「是奇異飛船，局長。」

「喔。對對對，奇異飛船。」

「你的酒吧發生了這樣的慘案，很遺憾。」

「沒辦法，嗑藥嗑多了，總會出事。」

山姆斜眼看著吉米：「天知道是提供給這些年輕人的。」

吉米對無視弦外音，笑道：「我剛剛注意了新聞，今晚的紐約，好像不太寧靜。你今晚還能睡嗎？」

混蛋！

這些唯恐天下不亂的媒體，就像聞到血腥味的食人魚一樣。

山姆悶哼了一聲，感覺不太自在。畢竟，紐約治安的維護，是紐約警局的職責。山姆搖搖頭：「類似這裡的案件…紐約各處都發生了…天知道這世界到底發生了什麼事情……」

「怪事年年有，見怪不怪啦。」吉米倒是豁達。

山姆繼續道：「聽目擊者說，慘案殺生時，有個黑人員警也在現場？」

吉米含糊其辭：「當時我在經理室，事件發生後，我沒看到任何執法人員，大概是有人太慌張，胡亂喊叫吧。」

「這倒不是沒有可能。」說歸說，山姆心中是另有想法。

吉米皺眉道：「所以到底發生了什麼事?全紐約都發生類似的攻擊事件。難道是某種恐怖攻擊？」

山姆也若有所思：「……不確定……但……這確實會影響紐約市的運作。」

「明天華爾街會哀鴻遍野吧。」吉米吐了一口菸。

山姆白了一眼：「別烏鴉嘴。我有一半的財產都在納斯達克啊。」

＊＊＊＊＊＊

警車上，傑克森握著方向盤，悄然無聲地駕駛。

李若霜依舊，以美麗的姿勢凝望著流逝的風景。

「我問你，李探員。」傑克森看著前方：「那個嗨過頭的主唱，如果你沒開槍，之後他會怎麼樣？」

「很簡單。」李若霜回答得簡潔：「就會跟你死去的同伴一樣。」

「然後死更多人？」

「恩。」

他老早就知道答案，因為他曾經見過那場面。只是，他不得不再問一遍。

因為他很害怕。

害怕自己也成為李若霜這樣，可以輕鬆地、冷漠無情地，消滅一個生命。

「沒想到你跟吉米是舊識。」東方女子那冰冷的外表背後，究竟了什麼了不得的祕密？李若霜笑而不答，雕塑般完美的臉頰顯露出一絲哀愁。

「以前玩團的時候，根本他當神一樣看待。」

「喔？你以前玩樂團？」

傑克森驕傲地抬高了下巴：「是啊。看不出來吧。我可是主奏吉他呢。」

「的確看不出來……」

「開玩笑。我可是當時田納西轟動一時的死亡之蛆耶！外號是性感男神。」

「……」

「大家都知道我是這麼愛吉米佩吉。」傑克森搖搖頭：「拿到一張簽名照，也算是賺到了今天。」

李若霜轉了過來，將柔軟的手放在傑克森的腿上：「他剛剛給了你什麼？」

這動作讓傑克森嚇了一跳：「恩？你說簽名照？」

「讓我看看。」

傑克森從皮衣內層拿出那張吉米佩吉的簽名照。那是一九七五年奇異飛船在演唱會前夕，一行人從私人飛機下來時，勉為其難讓記者們拍下的照片。年輕的吉米雙手插腰站在中間。普蘭特則在左方倚著渦輪引擎手伸得老高。

李若霜接過手，端詳了許久，然後噗吔一笑，甜美的聲音讓傑克森感到一陣暖意直上心頭。

「怎麼了？」

「這是吉米叔叔的慣用伎倆呵。」

「啊？」
「你別看他現在這麼低調，其實心裡老是希望人家記得他。所以他每次傳遞暗號，都用自己的簽名照當底啊。」
「囧。」傑克森拉長了臉跟馬一樣。
李若霜將一顆子彈頭拆開，將火藥灑在照片上。
「你別怪吉米。畢竟他還是組織的人，也不能明目張膽幫我們。」
傑克森終於藏不住心裡的疑問：「你們口中的組織到底是什麼？還有那個又是什麼？還有……」
「打火機。」
「啊？」
李若霜重複了一遍：「打火機，快。」
傑克森忽然感覺這位美麗女子似乎不再這麼冷漠。
傑克森連忙在外套慌亂翻找一陣。「拿去。」
那打火機並非便宜貨，做工極為精美。
「看不出來你真的有。你抽菸？」
「沒有，但我覺得隨身攜帶一個好打火機，才是真男人硬派警探風格。」
李若霜翻白眼快要到翻後腦杓了。
喀擦。
照片被火苗燒得吱吱作響。
李若霜低吟：「The hall of tortured souls。」

照片爆出一陣閃光，顯現出一排數字。

「這是……？」

傑克森以為又要被她冷峻的眼神再殺一次，沒想到只是李若霜搖搖頭。

「不，是經緯座標。」

傑克森將車停在路邊，先抄下那排數字，然後打開手機用ＡＰＰ地圖查詢。

「……布魯克林，廢棄工廠，那不就是……！」

警局襲擊案，歹徒最後的藏身處。Ａ隊全員殉職的地方。

難道要舊地重遊？

傑克森腦海中浮現Ａ隊成員最後的死狀，不禁冷汗直流……

李若霜將照片收回外套暗袋，目光如灼。

此時，手機響了。

「未知號碼？」傑克森按下擴音接聽，聽筒傳來蒼老的聲音。

「你也太難找了吧？」

「泰德？」

「對，是我啦。」

「你怎麼知道我的電話？」傑克森問。

「我問了好幾個人，才終於問到的。我今天才知道，你不用Line也沒有臉書。你是原始人嗎？」

「我只是不想變成智慧型手機的奴隸而已。」傑克森歪著頭開始回想，到底有誰知道他的私人號碼。

泰德繼續說：「昨天原本要把鑑定報告交你們，但局長室根本亂成一團。」
「對啊，有人揍了市長一拳。」傑克森道。
李若霜又白了傑克森一眼。
泰德道：「我知道，不過沒差啦。我已經把報告掃成電子檔了，現在就傳給你。」
傑克森有點驚訝，與李若霜四目交會。
李若霜輕輕搖頭，傑克森立即明白她的意思。
傑克森道：「等等，這樣子好嗎？這案子已經轉由軍方接手，擅自……」
「你少來了，你跟李若霜會這麼簡單就放棄？我才不信！你一定跟她還在偵查的路上對吧？哈！」
「沒、沒有。我正要去酒店泡妞。」傑克森說得連自己都覺得沒說服力。李若霜聽了更是殺氣騰騰。
「泡、都泡、都可以泡。」泰德也壓根子沒相信。「檔案已經傳過去了。你先打開，我簡單說明。」
叮咚。
解剖報告傳來了。從照片可看出，十五名被害人的皮下組織、重要器官，以及腦內松果體，都長滿紫紅色類似黴菌的物質。
「看到了嗎？」泰德問。
「有，所以這物質到底是什麼？」
「很遺憾，雖然我有化學鑑定的專業背景，但單憑法醫解剖室的簡陋設備，我也巧婦難為無米之炊。不過，我已經寄一份到聯邦鑑識中心，快的話大概也要一個月後才會有結果。」

「一個月？我們等不到那時候啊！」

泰德頓了幾秒，道：「雖然不知道那是什麼物質，但就它的外表來看，是某種蕈菌類這點，應該是錯不了。蕈菌類通常是透過近距離接觸，或者空氣傳播，讓孢子附著在宿主身上，進而繁衍新生。」

「抱歉，我對自然科學沒什麼研究，你的意思是？」

泰德嘖一聲：「我的意思是，如果能回到案件現場，或許能找到一些蛛絲馬跡。」

傑克森搖搖頭：「廢棄車廠那邊，在案發當時就找過了，什麼都沒有。」

泰德道：「那A隊被殺的那間廢棄工廠呢？查過了嗎？」

「還沒來得及查，軍方就接手了。」

「我跟你打包票，軍方根本連動都還沒動。」

「你怎麼知道？」

「開什麼玩笑？他們連買個法國麵包，都要公文跑三個月耶！」

「原來如此。好，我們也正好要過去廢棄工廠。」

「有任何發現，聯絡我。」

「好。謝了。」

掛電話。

傑克森道：「看來，無論如何都要回到廢棄工廠一趟。」

李若霜點頭：「走吧。」

傑克森緊踩油門，急打方向盤，朝布魯克林甩尾而去。

第六章

陰謀

Stratagem

冬雪暫歇，寒氣卻鬼魅般如影隨形。

警車疾駛，橫越皇后大橋，進入郊區。

充滿犯罪、暴力、黑槍、鐵桶燃燒的黑暗巷弄，李若霜與傑克森重返廢棄工廠，A隊慘案的發生點。

工廠早已爆炸夷為平地，地上殘留各種報廢的機具、鋼架、水泥塊、血跡，上頭皆有爆破後的焦黑痕跡。不祥的氣味撲鼻而來。

黃色的封鎖線在陰風中飛舞，發起陣陣刺耳的聲響，那彷彿是來自地獄深處幽魂的怒吼，警告李若霜，勿再闖進沾滿鮮血的犯罪禁區。

「運氣不錯，似乎沒有軍方的人在這邊看守。」傑克森在寒風中拉拉領子：「現在呢？」

李若霜從副座探出身，言語依舊簡短：「跟我來。」

傑克森小心翼翼踏過焦黑的殘骸，以防被任何尖銳物刺傷，但李若霜卻像是走過無人之境一般，腳步極快，傑克森幾乎要跟丟。

「等等，慢點。」傑克森喊道。

傑克森氣喘如牛，總算是趕上了疾行的李若霜。「那個……」

「閉嘴。」

李若霜蹲在地上，將吉米的簽名照放置在廢墟中央。她暗念幾句，無名指的戒指便發出一陣幽光。只見地面微微震動，並無端冒出了青藍色的火花。接著，那火花慢慢向中心旋轉、聚集、加速，最後化成一團綠色的火焰。接著，綠火焰又像冰淇淋一般，落到地面漸漸溶解，然後消失在眼前。

傑克森揉了揉眼睛：「這是什麼巫術？」

李若霜微微一笑：「槍上膛，靠近我。」

「死了，我可不負責。」

傑克森對李若霜的話已經不敢有所疑慮，迅速將槍取出上膛，問題是，他不知道該瞄準些什麼。李若霜親吻手上的戒指，右手迅速抽出銀短劍，又細聲念了一句什麼，然後在地上畫出一道圓。不一會兒，劍痕處竟然吹起陣陣狂風，發出與剛剛極為類似的青藍色光芒。

傑克森舉槍對準火光處，屏息靜待下一秒的變化。

李若霜看了傑克森一眼，露出神祕的微笑。

短短幾天之內，傑克森已經體驗了一般人無法想像慘劇與血腥場景，資深警察，不，就算是身經百戰的士兵，都不一定能承受得了如此巨大的壓力與心靈創傷。

但眼前的這個黑人，卻依舊能頂住這莫大的壓力，一直跟在她身邊，甚至無所畏懼，勇敢面對他無所知的黑暗世界。關於這點，李若霜感到有些訝異。

忽然，兩人前方左側的地面，傳出了喀啦喀拉的聲響。幾秒後，右邊地面也發出喀啦喀拉的聲響。接著，整個被炸成廢墟的工廠，就像發生地震搖搖晃晃，讓傑克森險些站不住，李若霜一把將他拉穩，才不至於跌出藍色光圈之外。

傑克森穩住腳步後，才發現原本的火光處，似乎有什麼在「蠕動」，在昏暗的光源下，散射出詭異的反光，並發出某種窸窸窣窣的怪異聲響。

那是無數近似蚯蚓或蛆的生物，爬行時互相摩擦的聲音，又像是人類或其他哺乳類動物皮膚所摩擦的細微聲響，在寂靜的夜裡，聽起來格外毛骨悚然。

那生物看起來就像是會活動的豬腸，卻又呈現噁心的暗紫色。豬腸的末端有圓洞，四周長了一圈類似利齒的尖銳物，就像是某種口腔之類的器官。

「這是什麼？」

李若霜眼神發出森冷的光芒：「食血蟲？原來如此……」她想起先前在維也納地下墓穴，也曾見過這怪異的生物。「不過品種似乎……無法確認，看來得拿給吉米看看才行。」

李若霜喃喃自語之際，食血蟲群忽然發出尖銳的嘶鳴，聽起來有點像被捕鼠器夾住，肚破腸流的垂死老鼠，瀕死前所發出的絕叫。食血蟲群發現兩人的存在，如潮水般前仆後繼，朝兩人的方向移動。但食血蟲只要一靠近青藍色光芒，便會發出吱吱的燒焦聲，被燙傷的食血蟲加速蠕動肥碩的身軀，彈開後淹沒在洶湧的蟲群浪潮之中。

「什麼怪聲啊？」一個中年大叔帶著手電筒，從廢墟外走了進來。

原來是附近社區的民間保全警衛，聽見怪異的聲音而前來查探。看見兩人被奇妙的生物包圍，這怪異的一幕令他匪夷所思：「這是什麼！你們兩個在幹什麼？」

「糟！快逃啊！」傑克森向警衛大喊。

「你說什麼？」警衛還搞不清楚狀況，只聽到怪異的聲響越來越近。他感覺一種軟黏而濕冷的東西，抓住了他的腳踝。那噁心黏膩的觸感，使他不禁驚恐地失聲大叫。他想逃離，但腳卻受到某種巨大力量的牽引，完全無法動彈。最後，警衛終於失足跌坐在地，不到一秒的時間，便整個人就被淹沒在食血蟲的浪潮之中。

傑克森驚呼：「現在怎麼辦?!」

李若霜，將手槍上膛，向警衛處開了兩槍。食血蟲吱吱兩聲，蟲群浪潮受到驚嚇而退去。

警衛竟毫髮無傷頹坐在地上，一動也不動，看起來像是沒事。

「太好了，看來沒有傷及無辜。」

「……」李若霜並沒有任何欣喜之意，靜待著即將上演的悲劇。

不一會兒，那警衛從地上緩慢地站了起來，傑克森見狀對他大喊：「大叔，沒事了，你快點走，這裡很危險．這裡……咦！」

令傑克森吃驚的，並不是那警衛臉色有多麼難看，或是被吃得血肉模糊，甚至度破腸流之類的．令他吃驚的是，警衛在笑！而且笑得撕牙裂嘴，簡直就像……

地獄般的場景，傑克森已經不是頭一次見到，在這廢墟爆炸前，喪失心智的A隊隊員；酒吧裡，挖出自己眼珠的搖滾樂手，在生前都有這樣的表情。他對將要發生的事情已經不再感到害怕，取而代之，是無數問號與哀傷。

「李探員……」

李若霜知道他想問什麼，點點頭：「接下來會發生什麼，你應該很清楚了。」

接著，警衛便在兩人面前，將雙手放在自己圓滾滾的啤酒肚上，用力將手指塞進腹腔，血液汩汩淌流，像是抽衛生紙一般，抽出自己的鮮紅色澤的腸子。警衛痛得直流淚，但嘴角仍不由自主地上揚：「哈哈哈哈哈……好痛…哈哈哈哈……救……」腸子散落一地，接著他終於掏出了胃，警衛把它摔在地上，用力壓扁。

壓扁、壓扁、壓扁、壓扁、壓扁。

破裂的洞口擠出了一堆尚未消化的生菜、培根、麵包、可樂所混合的漿狀物。這男人已活不成，李若霜不得已，舉起槍，瞄準那不成人形的警衛。

哈哈哈哈哈哈哈哈哈哈哈哈哈哈哈哈哈哈哈哈哈哈哈哈哈哈哈哈。

碰！

子彈準確穿過頭部，脆弱的腦殼爆出血與腦漿，櫻花般飛舞於雪中。無辜的受難者終於回歸平靜，不再感覺痛苦。

這次，開槍的是傑克森。

他舉著槍，持續用準心瞄準前方。等待煙硝散去，傑克森的心情依舊無法平復。他不知道這麼做是否正確，但他實在無法繼續看著這無辜的人，繼續受這種地獄般的折磨。

「……我這樣算殺人嗎……他那個樣子，還算是人嗎？我不知道……」

傑克森心中的罪惡感無法抹滅。

李若霜拍拍他的肩膀：「面對這樣的慘劇，任誰都會這麼做的。」

傑克森感謝李若霜的安慰，但他明白，這一切終將成為他一生最大的噩夢。

「謝謝。」傑克森道。

「不用謝，」李若霜再度化為寒冰：「你會習慣這感覺。遲早。」

不一會兒，四周又恢復了平靜，食血蟲的浪潮就這樣退去，憑空消失在兩人面前，徒留一具殘缺不堪的屍體。

藍色光圈失去了亮度，李若霜緩步走向屍體，戴上乳膠手套，並用銀劍刺穿那死去警衛的胸腔。傑克森跟上前去，一股腥臭的氣味隨即撲鼻而來，令他險些昏過去。

他捏著鼻子繼續向前。暗紅色的血沾滿了整個地面，李若霜在警衛的胸腔裡翻了半天，好像發現了什麼，便從外套中拿出夾子與試管，把某樣「東西」放進試管中。

李若霜搖了搖試管：「看看這是什麼。」

紫紅色的蠕蟲，不斷在試管裡蠕動著。「這不是泰德要拿去化驗的不明物質嗎？」

李若霜點頭：「看來這玩意兒，就是整起事件的關鍵。」

「吉米這王八蛋，竟然害我們差點被那怪東西給吞了。」傑克森啐了一口：「我要回去把他的專輯通通給丟掉。」

「不是的。」李若霜解釋道：「那照片蘊含的魔法，是引誘食血蟲現身的『引子』，原本我只需要抓一隻取樣即可，只是那不幸的男人無端闖了進來，害了自己，也打壞了我的計畫。」

傑克森脹紅了臉，怒視著李若霜：「你在說什麼?他是受害者耶。」

「他害我們差點功虧一簣。」

「你這什麼意思?」傑克森一把揪起李若霜的夾克：「你的意思是，他就活該倒楣去死囉?」

「放手。」李若霜拍開他粗黑的手，眼神嫌惡至極：「如果死了還沒貢獻，那他還真死有餘辜。」

「你有沒有人性啊?」

李若霜頓了一下，冷笑一聲：「沒有。」

傑克森怒不可抑：「你!」

刺耳的煞車聲劃破夜空，不安的嗚笛聲響徹雲霄。不消一分鐘的時間，無數警車已經四面八方包圍過來。

「看來是剛才的槍聲，鄰居報警了。算你好狗運，要不是你是女人，我一定狠狠踢你屁股。」傑克森走向外頭。「趕緊把這東西交給泰德，查明真相好給那些無辜的死者一個交代。」

「等等。」李若霜阻止他繼續往前。

「有什麼好等的？」傑克森不耐地道。

「看清誰是敵人誰是盟友，是戰場生存的第一法則。」

傑克森定睛一看，很快就發覺自己錯得有多離譜。

那的確是紐約警局的警用車沒錯，但下車的，卻沒有一位是員警，而是身著迷彩的軍人。傑克森看見那招牌的綠扁帽，馬上就認出了他們的身分。

海豹部隊。

全美最精英的特種戰士，恐怖份子聞風喪膽的頭號公敵。海豹部隊以精熟幹練的身法，很快地就將四周包圍地水洩不通。數十把M4A1自動步槍、雷明頓散彈槍、MP5衝鋒槍等制式武裝，紅外線瞄準點在兩人身上不斷游移，就像死神之眼，隨時可以取他們的性命。

傑克森趕緊拿出警徽：「別開槍，我是警察。」

「我知道，我知道。」某人身影從暗處走出來：「你是警察。」

「也是叛徒。」

說話的是尼爾市長，他對自己精心的佈局十分滿意，自豪地笑著：「不好意思，你的弟兄都去忙了，有人報警說這裡有槍聲，我就大發慈悲，好心來幫忙查看。沒想到竟然發現了兩隻過街老鼠。」

李若霜：「……」

「市長先生，這是什麼意思？」

「沒什麼意思，」市長聳聳肩：「傑克森警官，我說過，這案子已經不再歸紐約警局管轄。也下令請貴單位將李探員送走。現在我看到的是，你公然抗命。」

「這……」傑克森毫無反駁餘地，確實如此。

「不僅如此，」市長眼神閃過一絲邪惡的光芒：「你們漏夜進入現場，意圖湮滅犯罪證據，被社區警衛發現，竟然痛下殺手，將其殘酷殺害。」

市長將一根菸塞到嘴裡，點燃：「你們將被視為現行犯被逮捕。」

市長不懷好意地笑：「最好不要抵抗，槍子兒可是不長眼的。」

李若霜一派輕鬆：「看來，你早就預測我會去找吉米，也知道吉米會給我提示，讓我來這。」

「吉米果然背叛我們？」

「不，是我錯估了市長的實力。這個該死的城市，應該到處都有他的眼線。」

「拜託，我是市長耶，對自己的地盤瞭若指掌，很困難嗎？」市長咧嘴一笑：「就連鷹跟你說了什麼，我都知道。」

女子上半身震了一下，看來有點驚訝。美麗的女子垂下雙手，啐了一口道：「被擺了一道。」

市長雙手一攤：「組織都已明令，你還不肯罷手，怪我囉？」

李若霜怒道：「組織？哼，三年前那件事情之後，我早已經不是組織的人了。」這是傑克森第一次看見李若霜動怒。

市長道：「我再說一次，那東西不是你可以管的。」

傑克森疑惑地問：「組織？什麼組織？那東西又什麼？」

市長失笑：「可憐的黑鬼，到頭來還不知道自己是怎麼死的。」

「你說什麼！」種族歧視的發言，讓傑克森完全無法忍受，差點要衝過去揍市長一拳，卻被李若霜制止：「不要多話。」

「局勢十分不利，你要好好活著，知道嗎？」李若霜纖細的手摟住傑克森的腰，躺在他懷裡，輕輕給他一吻。李若霜嘴唇上那軟玉溫香的柔滑觸感。

市長歪著頭：「恩？連黑鬼也要？」

傑克森感覺李若霜的手暗中伸進了他的夾克，趁機將什麼東西塞進暗袋。

傑克森沒看見李若霜張嘴說話，但她的聲音確實傳進了他腦中。

「把食血蟲的樣本，拿給吉米。」

李若霜轉過頭去，向市長道：「我跟你走，但不關他的事情，可以放過他嗎？」

「抱歉，他知道太多了。恕難從命。」

「我原本就是影子探員，死了也無所謂。但他是紐約警局所屬的員警，若是被發現死在這裡，還是被一群軍官所殺。你這市長還要當嗎？」李若霜繼續道：「不如先帶回去，偵訊後再讓他死在牢裡，反而不會啟人疑竇。」

「我只是不想讓他親眼看我死去。」李若霜近乎哀求地說：「拜託。」

市長沉默了幾秒，忽然暴出邪淫的笑聲：「人家說亞洲女人都喜歡黑人，看來是真的。怎麼？品嘗後就無法自拔了？」

李若霜低頭沒有回應，看似默認，但傑克森知道，她正在忍耐。

「反正，他也活不長了。」市長一個指令，幾位彪型大漢便從兩脅架住傑克森，上手銬，扔進警車。

警笛聲漸行漸遠。

市長說：「好了，準備受死了嗎？」

李若霜嫣然一笑，銀色短劍不知何時已出現在手。

「愚蠢。」

該死的，是你啊。

＊＊＊＊＊＊＊

在警車上，傑克森聽見後方爆出此起彼落的槍聲。

「李若霜！」

傑克森心想，李若霜為了我，竟然願意犧牲自己。

他恨自己的弱小對這樣的事情無能為力。

事情不該是這樣的啊！

他雙手抱頭，竟然流出了眼淚。

前方開車的大漢，笑嘻嘻地道：「嘖嘖。那女的挺正的耶。」

「是啊，死了真可惜，讓我先幹個兩回，不是挺好的？」

「你幹？我先吧！」

兩人忘我地開著玩笑。

傑克森鎮定了下來，他觀察這兩個海豹隊員，趁他們不注意時，偷偷取出李若霜給他的東西。

是試管和一把萬用鑰匙。看來，李若霜早有準備，給了他得以脫身的工具。

他回想起警校期間，在「脫逃術」的課程中，他用這玩意兒開手銬，練習了上萬次以上，早就練到半秒內解開的高超技術。甚至當上警官後，也用這個伎倆，躲過了幾次災禍。

現在，他有絕對的信心能解開手銬，並跳車逃生。

問題是，什麼時機？

如果現在解開手銬，相信在半分鐘之內，就會被射殺。但若現在不行動，形同待宰羔羊，那一切也白搭。苦無對策，他感到絕望。傑克森閉上眼睛，雙手握緊，在胸前畫了個十字，祈求上帝賜予他一線生機。

傑克森注意到一陣轟隆隆的引擎聲，從遠方漸漸逼近。他看見對向車道遠端，一部改裝過的哈特佛重機疾駛而來。車頭有一隻銀色老鷹作為裝飾。駕駛者戴著全罩的安全帽，未能認清其長相。但他確定，疾駛而過的重機駕駛者，呼嘯而過的瞬間，對他比了一個「三」的手勢。

這是什麼意思？

千頭萬緒，在他腦海中飛馳電閃，他不經意望向窗外，路邊綠色的里程告示牌不斷減少，43、42、41……。

那是上橋前的指示標誌。

他終於明白了。

傑克森將萬用鑰匙握在右手拳頭中，以備使用。心中演練了無數次。

39、38、37、36、35……

「喂，小子，你在幹嘛？」副座的彪形大漢忽然覺得後座的黑人有些異樣，轉頭過來查看。

「我？」傑克森裝傻。

30、29、28、27……

「你從剛剛就不知道在念什麼。」

20、19、18……

彪形大漢忽然一把抓住他袖口。「我告訴你，你不要給我耍花樣。」他注意到傑克森右手握拳，「你藏了什麼？」

15、14、13……

他媽的。

不要攪局啊。

傑克森靈機一動，吐了一口口水在他臉上。「我都快死了，還能怎樣。你這個狗養的！」

12、11、10……

彪形大漢怒火沖天，揍了他一拳，將他扔回後座。「媽的，黑鬼。」他瞥見警車時速大約六十英里。

9、8……

駕駛人笑叱道：「好了，別玩了，等會弄死了，怎麼跟老大交代。」

「知道啦！囉唆！」

彪形大漢轉回前方。好機會！

傑克森看見標示牌，已經接近命運的數字。

6、5……

他以零點三秒的時間，打開了束縛的手銬。發出了「咖」地一聲，彪形大漢發現了他的意圖。「你幹什麼？抓住他！」

4！

開車門，縱身跳，用手護頭。

3！

警車忽然間失速打滑，飛出車道，以六十英里的速度衝破河墩護欄。彪形大漢還搞不清楚怎麼回事，便已經落入冰冷的河水中，化作洶湧的浪花，一命歸西。

傑克森在雪地裡滾了好幾圈。幸運沒有撞上任何東西，但依舊全身刺痛。他感覺疲憊不已，不住喘氣。他勉強爬起身子，看見車道竟然布滿了雞爪釘，這分明就是要讓警車翻覆的陷阱。

他跪在地上，不知是在感謝上帝，還是感謝那位不知名的騎士相助。但其實他該感謝的，是自己神乎其技的高速開鎖技術與爆發力。

轟隆隆的重機聲。

傑克森以為是那位銀鷹騎士，他抬起頭，居然是吉米貝克。傑克森怒火中燒，幾乎要將鋼鐵般的拳頭砸在佩吉老邁的臉上。

「王八蛋，你害得我好慘。李若霜她……她被殺啦！」

吉米歪著頭，一副很稀奇的樣子。

「你的意思是，人稱『冰霜死神』的李若霜會被殺？你別開玩笑了。」吉米拍拍他的肩：「若霜啊，實在很仁慈。」

傑克森全然無法理解吉米在說啥。皺著眉等待吉米的解答。

吉米嘆了口氣：「若霜，只是不想讓你看見她『真實的模樣』。」

傑克森：「真實的模樣？」

不待傑克森問完。吉米伸出拇指向後一比。

「上車吧。」

第七章 Azrael

死神

重機在大雪中奔馳，轟隆作響的引擎聲急速駛過。

傑克森發現機車並不是往市區前進。

「吉米，我們不是應該回血腥安息日嗎？李若霜要我把這個給你。」傑克森高舉裝有食血蟲的試管，在空中揮來揮去，刺骨寒風吹得他頭痛不已。

「你犯傻了嗎？現在市區到處都是敵人。」吉米頭一偏，斜著看了那試管一眼：「把那骯髒的東西收起來，不要揮來揮去的。」

「那我們去哪？」

「廢話，」吉米語氣堅定：「當然是去找李若霜啊。」

傑克森不明所以，只覺得思緒一片混亂。「李若霜被市長捉住了，被一大堆海豹特種部隊包圍，我看是凶多吉少……」

沒想到傑克森聽了大笑：「你到現在還認為李若霜會被殺？」

傑克森腦海裡浮現李若霜打成蜂窩、皮開肉綻、白皙的肌膚沾滿血液、臟器外露、腦漿眼球被打爆在空中亂飛的恐怖畫面……。「再怎麼說，對手是全美最強的海豹特種部隊……我實在是無法像你這麼樂觀。」

「欸，」吉米打哈哈，一派輕鬆的模樣：「她不會有事的。」

希望如此。傑克森心想。

「我只擔心……『那傢伙』已經到了……」

傑克森沒聽懂，「那傢伙」？是誰？

不消幾分鐘的時間，兩人已接近廢墟。吉米在行進間熄火，將車子停在兩條巷子外，然後對傑克森比了一個手勢：「跟我來。」接著，兩人便以徒步的方式走過一條街，從另一側進入廢墟。

傑克森冷汗直流，方才那些包圍廢墟，載滿海豹特種部隊的藍色警車。現在它們已經全成了廢鐵，鋼板通通布滿了彈孔。「簡直就是地獄……」

有的警車在起火，有的冒著濃濃黑煙，有的裡頭躺著中彈慘死的特種部隊軀體，令人看得是怵目驚心。傑克森快速掃視一遍，這才鬆了一口氣…還好，裡頭沒有李若霜的蹤影。

「抱歉，借用一下。」傑克森從某位特戰隊員身上取下了他已經不需要的MP5衝鋒槍及幾排子彈，希望等會用得上。他又取下一把一九一一制式手槍，「吉米，需要嗎？」

「不需要。」吉米連看也不看。「我不用這種下級武器。」

下級？這可是軍用級的好東西耶！

傑克森沒好氣道：「反正你等一下空手接子彈，或是用指頭開槍什麼的，我都不會覺得驚訝了。」

「我還真的會。」

「……你開玩笑吧？」

「是啊，我開玩笑。不過……」吉米道：「小子，你運氣不錯。」

「什麼意思？」

「意思是，你是第一個待在李若霜身邊，可以活超過三天的普通人。」吉米道：「你命很大。」

「……什麼意思？普通人？」

「我說得很清楚了。」吉米轉過身來，瞇著眼就像一隻世故的貓，一字一句說出傑克森全然模糊不了解的話語：「李若霜，她不是普通人啊。喔不，我說錯了。容我更正，應該說。」

吉米刻意放慢，一字一句講：「她‧不‧是‧人。」

傑克森腦袋頓時一片空白，他停下腳步，佇立在燒焦的警車旁。

不是人？

的確，自從他從甘迺迪機場接送李若霜開始，他所認識的一切就全都變了模樣。那種感覺……就像是深陷一場真實無比的惡夢，卻遲遲無法醒過來。莫名其妙的殺人犯、微笑自殘的同伴、長滿怪蟲的廢墟……

但如果要說李若霜「不是人」，這未免也太匪夷所思了吧？又不是在看什麼超自然檔案、九點檔肥皂科幻連續劇？用海倫仙杜斯殺外星人？或是探索頻道某時段似真造假的科學節目？還是吉米覺得我智商低過石頭、蠢過隻豬，壓根子就是個腦殘、白痴？竟然這種無聊至極的答案來搪塞我，硬掰李若霜是暴風女荷莉貝瑞、刀鋒女王莎拉凱莉根……

吉米見傑克森默不吭聲，道：「怎麼？嚇到啦？」

「……我在想跟哪個單位聯絡，帶你去隔離島。」

吉米見到傑克森吹鬍子瞪眼睛的模樣，先是愣了一下，然後忍不住搖搖頭，嘆口氣又冷笑兩聲道：「你這小子，真的很有種，自從一九八〇我的夥伴波南遇難後，就沒有人敢用這種態度對我說話。我越來越喜歡你了。」

傑克森故意不搭理，但聽到笑中藏刀的言語，常年與街頭混混打交道，也不時受人威脅的傑克森，心中不免冷汗直流。

兩人沒再說話，荒蕪的廢墟又陷入一片死寂。

越往前走，煙硝味就越重、屍體也就越多，血染得雪地一片鮮紅，空氣中除了原有的燒焦味之外，也密布著血液腥濃的鐵銹味。吉米在海豹部隊的屍體間玩起了跳格子，就像神鬼奇航裡行事瘋癲的船長史派羅。

傑克森原本想算算到底有多少具屍體，但隨著屍體越來越殘破，使他已無法辨別正確的數量……天啊……這是李若霜幹的？不可能！絕不可能！儘管他不願承認，但「不是人」這三個字，卻這樣毫無預警地佔滿傑克森腦中混亂的思緒……

傑克森終於看見李若霜。

她孤獨地坐在斷垣殘壁旁，手上握著慣用的銀色短劍。頭低低地，陰影蓋住了她的前額，使得傑克森無法看見她美麗的眼珠。

傑克森喜不自勝，放下手中的槍向她衝去：「李若霜！太好了，你沒事！你是怎麼辦到的？」

「慢著，你這個白痴！」

話還沒講完，傑克森向前衝幾步，一個踩空，焦黑的地板就這樣忽然下陷。還來不及驚嚇恐慌，他便感覺自己跟著地板墜落。還好吉米及時將他拉住，才不至於跌到漆黑洞穴的底層。

「我不是叫你小心點嗎？」

「拜託等我上去再罵好嗎？」傑克森目測，這洞至少有五公尺這麼深，要是就這樣摔下去，後果大概是非死即重傷。等眼睛適應了洞裡的明亮度後，他立即對原本的判斷作了大幅度的修正。「操！什麼重傷？根本是死定了！。」

這洞穴就像大鐵鍋，裝了滿滿的食．血．蟲！

「吉…吉米！」傑克森想起方才那警衛悽慘的死狀…這才驚慌地慘叫出聲。

「別動。」吉米眼神射出銳利的光芒，與他老態疲憊的外表截然不同。傑克森感到吉米的手臂似乎湧進一股莫名的力量，肌肉、骨頭、血管、脈搏皆發出喀喀的聲響，微微震動。他感覺自己就像是顆玩具球一般被拋起，在空中劃出一道弧線，然後碰地一聲墜落地面。

「媽的，痛死我了。」傑克森從地面爬起，面部五官扭曲，覺得腰痛得快跟身體分家了。

「沒死就站起來。」吉米又從後面補了一腳。「豬腦袋。」

「不是啊，對老人來說，你的力量也太大了吧？」

「我天生神力啊。」

「你最好跟我說是腎上腺素激增造成的。」傑克森白了吉米一眼：「媽的，最近發生的事情，沒一件正常的。」

「愚蠢的凡人。」吉米道：「那是你見識太淺薄了。」

這次傑克森只能摸摸鼻子認栽，「李若霜呢？剛剛不是在那兒？」

「你仔細看清楚。」吉米閉上眼睛低聲呢喃了一句什麼。在他們眼前的李若霜身形便逐漸模糊黯淡，就像是沒電的錄像機，開始退色、失焦，接著李若霜便如沙塵般潰散，消失在兩人眼前。

「那是……」傑克森覺得自己快要精神失常了。

「某位仁兄的拿手好戲。」吉米語氣中略顯緊張且帶有殺氣。「小子，我們得快點跟李若霜會合。走。」

傑克森不再多問，簡單檢查了一下裝備，便跟上前去。反正這幾天發生了這麼多怪事，就算現在世界末日到了或是飛碟攻擊地球，他都不覺得奇怪了。

兩人總算找到了李若霜。她就站在廢墟廣場，手持銀劍，利刃抵在西裝筆挺的市長尼爾的咽喉上。

市長身旁大約十名海豹特種部隊隊員，就像失去線頭的傀儡，皆以人類不可能做到的姿勢，橫臥趴倒在四周。然而奇怪的是，尼爾面臨死亡的威脅，竟然一派輕鬆，雙手插在西裝褲口袋裡，絲毫沒有恐懼之色，處之泰然地讓李若霜將刀刃抵在自己的脖子上。

傑克森低聲問道：「那應該是真的李若霜了吧？」

吉米示意他不要出聲。繼續旁觀等待時機。

不過尼爾早一步發現兩人的存在。看了他們一眼，對李若霜笑道：「看來，我們有夥伴了。」

「誰跟你是夥伴？」傑克森忍不住跳了出來，怒聲叱道。

他永遠無法忘記自己差點葬身河底的事情。

「尼爾市長，你刻意襲警，蓄意謀殺，教唆殺人、我要依法將你逮捕。」

尼爾根本就把傑克森當空氣。他笑吟吟地向傑克森身後的吉米揮手：「唷，吉米，好久不見了。」

吉米瞪視尼爾：「是啊，最後一次見面，是在伊拉克吧？」

「是啊，在那個臭得要命又髒得要死的地下碉堡。」

結束簡短的寒暄，吉米道：「李，程序執行者已經來了。要小心。」

李若霜點頭：「我知道。」

「不過，讓我先解決這傢伙再說。」

傑克森道：「李，他再怎樣都是行政官員，必須經過司法審判，你殺了他的話……」

「閉嘴。」李若霜冷冷道。「這裡沒你說話的份。」

李若霜以銀劍抵著尼爾的喉嚨：「我再問你一次，這是你的意思？還是組織的意思？」

尼爾沉默了幾秒，道：「我說過了，我只是聽命行事。至於組織目的，你知道，這不是我們可以去探聽的。」

李若霜若有所思地看著天空，似乎若有所思。

尼爾繼續道：「我可不像你，膽敢作出這種背叛組織的行為。」

李若霜眼神變得更加冷峻無情。持劍的手握得更緊了，緊逼在尼爾的脖子上，幾乎陷入皮膚的劍刃，泛出了一絲血跡。

尼爾毫不在意，叼著雪茄嘴角上揚：「你以為殺了我，事情就能結束？」尼爾的笑容，令李若霜相當不快。

「我說過，任何人敢擋在我前面，就算是上帝，我也照殺不誤。」李若霜高舉銀劍，瞄準尼爾的心臟，猛力一刺！

「先到地獄等我吧。」

微弱而尖銳的槍聲從耳際掠過。

李若霜感到一陣麻痛，轉眼間銀劍已被震飛，力道之大，使得整隻銀劍就這樣沒入水泥牆中，只剩劍柄留在外頭。李若霜耳膜刺痛，從聲音判別，應該是初速極高的步槍或狙擊槍，通過消音管所殘留的特殊高頻。

「！」

一切來得太快，李若霜無法判別方向。

「李若霜！」傑克森喊道。

「別過來！」

一個閃神，尼爾早已不見人影，逃得無影無蹤。

「媽的，逃得真快。」

吉米電眼掃視，發現廢墟二樓高處，鋼筋樑柱旁有個閃光。吉米指向該處，向李若霜喊道：「那裡！」

李若霜拔出手槍、上膛、瞄準、擊發。整個過程不到半秒。

子彈在空氣中劃出一道螺旋，直接穿過躲在暗處者的腦門。

傑克森從子彈打進肉體時發出「卜」的一聲來判斷：「打中了！」怪異的是，他並沒有聽見人倒下、或是槍枝掉落地面的聲響。

「別高興得太早。」吉米道。

李若霜道：「站在原地別動。」

李若霜收槍，優雅地佇立在風雪中。冷徹的空氣中，她聞到混濁、邪惡、令人不安的黑色氣息。

李若霜朝空氣喊道：「玩笑開夠了沒？」

黑影從暗處走出，傑克森對那人的臉孔十分熟悉。

「泰德！怎麼是你？」

「嗨，又見面了。」

蒼老的臉孔，瘦弱的身型，與他肩上那把長一米二、重四公斤的俄軍制式SVD Dragunov狙擊槍極為不搭調。詭異的是，他的眉心有個彈孔！

「是你？」李若霜詫異地道。

「變了張臉孔，就不認得我了？」泰德不懷好意的笑，臉開始變形：「李若霜，看來你變弱了。」

「……幻化師阿爾貝特！」李若霜狠狠地道。

傑克森瞪大了眼睛：「泰德？你不是泰德嗎？」他一方面不敢相信泰德竟是躲在暗處的敵人，一方面也不敢相信剛才這老頭竟然有如此準確的槍法。

「你說誰？喔，泰德？那老傢伙早不知腐爛到哪去了。我只是借了張臉而已。」

「……怪不得我覺得哪裡怪怪的，原來你從一開始就在設局。」李若霜顯得相當不快。

阿爾貝特看起來很得意：「是啊，沒想到意外地成功。看來你也不過如此，李若霜。」

傑克森「啊」一聲：「剛才那通電話，你根本就是在套我的話！」

阿爾貝特笑道：「我從來沒說你們在一起辦案啊，是你自己說漏嘴還不曉得，我才好安排這局，請君入甕啊。」

「你！」傑克森咬牙怒目。

李若霜：「……」

阿爾貝特道：「小黑鬼，你能活到現在，我也真佩服你。不過，你命也不長了。」

「原來，你！」傑克森顯得怒不可抑。

「對了，剛剛的幻術，好玩嗎？」

傑克森這才恍然大悟：「剛剛……原來是你搞的鬼！」

「阿爾貝特。」說話的是吉米。「你又進步了不少。」吉克森聽得出，吉米的話語中雖然冷漠，但卻透露出些許幽微的情感。

「承蒙您不吝教誨。」阿爾貝特道：「是什麼風把隱居多年、不問世事的大黑魔術師

——吉米貝克給吹出了來？」
「我只不過是剛好路過，來看戲的。」
「哼，少在那邊耍嘴皮。組織知道了，還是會給你懲戒。」
「少嚇唬我！誰先死還很難說。」
沉默良久的李若霜終於開口：「你不是程序執行者？」
泰德失笑：「當然不是，渡鴉（R.A.V.E.N.）已經將實驗品帶回分部了。」
「所以你是來跟我泡茶聊天的嗎？」
「不，我只是信差。」
「信差？」李若霜皺眉，將深深沒入水泥牆的銀劍取出，在手上把玩了一下。
泰德道：「李若霜，你打算竊取實驗品，私自進行研究的事情，組織已經知道了。限你在廿四小時內跟我回總部投案。念在你過去建立許多功業，組織已下令減輕你的刑責。」
「喔？」吉米問道：「什麼刑責？」
「死刑。」
「死刑！」傑克森激動破口：「這還不夠重嗎？」
「黑鬼，相信我，世界上有許多方法，可以讓一個人比死還痛苦。你應該有見識過才對。」
傑克森不禁想起被食血蟲入侵後的慘狀，那確實使人生不如死。
自稱信差的泰德，不，阿爾貝特轉頭詢問當事人：「準備跟我走了嗎？」
李若霜垂下手低著頭，美麗的臉龐隱藏在陰影中。「……你回去告訴組織，派誰來都可以。」

「誰擋在我面前，不論是上帝，還是撒旦，」李若霜眼神從髮際與利刃間射出銀白色的光芒：「我也照殺不誤。」

電光火石間，李若霜將手裡的銀劍射出，不偏不倚射中阿爾貝特的胸口。阿爾貝特老邁的身軀應聲往後傾倒。卻在跌到焦黑的地板前，閃過一個黑影，就這樣消失在眾人面前。

「這就是你的遺言嗎？」阿爾貝特的聲音從空中響起。「那就，如你所願吧。」

李若霜將銀劍拾起，在夜空劃起一道弧線，將上頭的血跡給甩了乾淨。

傑克森道：「現在怎麼辦？」傑克森忽然想到一件事情，開始檢查確認。

「你們回去吧，接下來，我一個人就行了。」

吉米道：「你打算送死嗎？」

李若霜沉默了幾秒：「就算送死，我也要跟組織作個了斷。」

「你這是自殺！」吉米勃然大怒：「你還不懂嗎？這不是你一個人能阻止的。紐約沒有進行，紐奧良會進行。紐奧良沒進行，洛杉磯會進行。美國沒有進行，日本會進行。日本沒有進行，中國也會進行。你懂嗎？」

「能救多少，是多少。」

「意氣用事有什麼用？你冷靜點想想。」

「我不像你，只知道自保。」李若霜難得情緒失控，怒罵道：「懦夫！」

「你！知不知道有多少隻槍曾經從背後指著你？我跟鷹暗中保護過你多少次？」吉米指著傑克森：「若不是鷹出面，這傢伙的命保得住嗎？」

「……」

「不，你壓根子就知道，你根本就是脫我們下水。」吉米轉過身：「李若霜，你太依賴了。」

「我太依賴？」

「痾……」傑克森插嘴：「各位。」

「閉嘴。」李若霜道。

「那個……」

「閉嘴。」吉米道。

「如果有空的話，可以告訴我試管裡的東西跑哪去了嗎？」傑克森翻開夾克，從內層口袋中掏出試管，除了開口處與軟木塞，其他部分都已經破碎。其中顯現的問題就是：「食血蟲呢？」

吉米慌張地搶過破碎的試管。

「啊咧，大概是拉你上來時弄破的。你自己都沒感覺?你這白痴！」

傑克森擺出個衰小臉，雙手一攤：「當時都快沒命了，哪有時間想這麼多？」

吉米翻開他的衣服，在黑黑的胸膛前東摸西找。「媽的，又黑又多毛，你是狗嗎？」找了半晌，終於在右脅下找到約一吋長的紫色傷口。

「李，你看。」吉米手指著傷口。

李若霜看了一眼，搖搖頭雙手叉腰，表情十分懊惱。

「喂，你們兩個別嚇我啊!現在是什麼情況？」

生死關頭，吉米也不打算說謊了：「食血蟲已經進入你體內。」

他感到喉頭緊縮，吞嚥困難。「你說什麼？」

李若霜背對著他，像是不想面對這個事實：「一個小時內，你就會跟那警衛一樣慘死。」

傑克森愣了半晌。我就要死了？

此時，數支聚光燈從天空打下，照得廢墟如白晝般通亮。螺旋槳攪亂氣流，強風吹得雪花四竄飛舞，數架阿帕契軍用直昇機，自四面飛來，上面皆有槍手瞄準著廢墟裡唯一生還的三個人。其中一台直昇機打開了擴音器：「這裡是海豹特種部隊，我們將以殺害執法人員的罪嫌逮捕你們。放下你們的武器。重複！放下你們的武器！」

警鳴器大作，大量紐約警局的警車也來到現場，將三個團團包圍。

屋漏偏逢連夜雨，也不足以形容當前狀況的險惡。

大批軍警不斷逼進，就連吉米也不禁流起冷汗。他知道李若霜想走，沒人攔得住她。他不想成為她的絆腳石。「李，你快走。」

「不，得想辦法救他。」

「再不走就來不及了。」吉米急切地道。

傑克森感到體內燥熱不已，頭痛難耐，胸口像是著了火一般難受。他半跪在地，止不住喘息，視線也開始模糊。

這是快要死的徵兆嗎？

傑克森道：「交給我處理。」他拿出警證，用盡力氣舉至空中，邊喘邊喊：「別開槍！紐約警局！這兩個是無辜的證人！」

「傑克森，別裝了!市長都告訴我們了，你是殺人幫兇。」

「放下你的武器！」

「你害死了A隊還有許多無辜民眾，殺人魔，我們要逮捕你！」

傑克森終於聽出，那是紐約警局局長山姆的聲音。他難過極了，連他最敬重的長官都被誤導了。他對著天空搖頭，難過得臉部扭曲，眼中全是淚珠。「不，不是這樣啊！這是…」他頹然跪下。

「去跟法官說吧。」持槍的刑警已經包圍至不到兩公尺的距離。

李若霜細聲說了一句：「傑克森就交給你了。」然後走向前，將銀刀與短槍扔掉，雙手高舉。「都是我幹的，跟他們倆無關。」

「你一個人怎麼可能……」

傑克森已經聽不清楚他們究竟說些什麼。

忽然眼前一黑，

傑克森終於失去了知覺。

第八章
Hakuno
北野

傑克森從真實無比的夢境中醒來，臉頰流出豆大的汗珠。睜開模糊的雙眼，第一個看見的人，竟是個滿臉橫肉的禿頭佬。

禿頭佬摟著他的腰，眼神透露某種粉紅色的幽光，並且朝他的胯下……傑克森睡意全消，嚇得從床上跳起，把那人推開。「你想幹什麼？」仔細一看，才認出那是吉米的隨從，記得沒錯的話，應該是叫做約翰。

「看來很有精神。」約翰全然不為所動，像是剛才什麼都沒發生過一樣，發出低沉穩重的喉音：「老大，黑人醒了。」

被喚作老大的吉米「恩」地一聲：「辛苦了。你可以退下了。」吉米對忠實的禿頭交代：「沒我允許，任何人都不准進來。」

「是。」約翰簡短回答旋即離開，「咖」地一聲鎖上厚重的木門。約翰的腳步聲越來越遠，傑克森連忙下床：「這傢伙！他……」傑克森歇斯底里地檢查自己的屁股，是否有被「侵犯」的痕跡。

吉米在一旁看得笑不可支。

「你以為約翰是大老粗。他的心思，可比女人還要細膩。」

傑克森暗呼不妙，這下子貞節不保。

「你放心吧，他把你『照顧』得很好。嘻嘻……」

傑克森欸一聲：「我說老大，你別開玩笑了。我再怎麼樣還是喜歡女孩子……女孩子？」

傑克森想起了什麼事情，忽然大叫跳了起來：「李若霜呢？」

吉米坐在雕工精細的董事椅上，吸了口香菸緩緩道：「被押回組織分部了。」

「什麼？」

吉米道：「剛剛新聞有報導喔，李若霜涉嫌殺害多位執法人員、政府官員、警察、無辜百姓，目前已遭軍警逮捕。而在國際刑警的調查下，她還涉嫌多起毒品、軍火、人口販賣、竊取國家機密等重大刑案，本案將轉往『聯合國』國際法庭公開審理。你看，快訊又來了呢。」吉米拍手笑叫，好像在看什麼趣味影片一樣。

「這怎麼可能？她怎麼可能做這種事情？」

「人家想汙賴你，說你強姦母豬都可以。媒體控制就是如此，反正大眾只知道隨之起舞。」吉米的臉，在火光前忽明忽滅：「這樣可以你瞭解，李若霜孤身對抗的，是什麼了嗎？」

「聯合國……」傑克森原本以為自己瞭解了些什麼，但到頭來自己根本什麼都不懂，「我完全是個遠離事件核心的邊緣人哪…」捷克森嘆道。

「但為何是組織？不是紐約警局？」

「看樣子組織早已深深滲透美國政府單位了。」吉米搖搖頭。

「媽的！」傑克森忍不住咒罵幾句。

「你說什麼？」

「只是自言自語。」傑克森忽然想到一件很重要的事：「等等，我們是怎麼逃出來的？」

「開什麼玩笑？身為一位資深魔術師，在關鍵時刻使出瞬間移動，也是一件很合理的事情。」

傑克森一臉怪異地看著吉米：「你身上是有爐石嗎？」

「什麼爐石？打火石？」

傑克森別過頭去：「沒、沒事。」

「倒是你，身體沒異狀？」

「我都忘了！蟲呢？」他到火爐旁的鏡子，仔細看看自己有沒有缺了什麼。又是東翻西搞了好一陣子，這才鬆了口氣，安心躺回床上。「呼，好險。」

他想起那道傷痕，於是又跑到鏡子前，將上衣脫下。紫色傷口依舊橫陳在右脅，就像是鱗片閃閃發亮的小蛇，一直延伸到胸口心臟位置。傑克森疑惑地觀看自己全身：「奇怪，我怎麼沒死？」

「吉米，這到底是怎麼回事？」

「傑克森，你真是個幸運兒。不，在某方面來說，算是不幸吧。」

「什麼意思？」

傑克森急欲知道答案，反觀吉米還悠悠地噴著白煙，一副事不關己的樣子。不由得怒火直升。他面有慍色道：「聽著，我可能什麼都不知道，但再怎麼說，我也是紐約警察，職責是保護市民。」

「然後呢？」吉米心不在焉地點頭：「關我什麼事。」

「我代表正義以及政府的公權力。我以執法人員的身分要求你，說出你所知道的一切。」

吉米扁著下唇：「冠冕堂皇，合情合理。」吉米搖搖頭：「但我不喜歡。」

傑克森雙手一攤：「起碼我也是受害者，總可以知道是什麼差點害我送命吧？」

「這倒像是句人話。」

「我也討厭什麼事都被蒙在鼓裡。感覺好像白痴。」

空氣如同緩慢攪動的水泥，凝固在暗室之內。

吉米不斷吸著手上的菸，吞吞吐吐，似是將所有心思都寄託在這隻短短的毒物上。

他思考良久，終於鬆口：「好吧，你想知道什麼儘管問。」

傑克森倒是吃了一驚。一時之間還真不知道如何問起。他來回踱步，整理心中的思慮與疑問。「……好……首先，食血蟲是什麼？為什麼我沒死？」

吉米吐出一口菸：「那個冒牌法醫，也就是阿爾貝特，有向你們透露過什麼嗎？」

「每個被害人的體內，包括皮下、腦部，都有一種紫紅色的菌類。」傑克森道：「現在想想，除此之外他根本什麼都沒說。壓根子只是要引我們進圈套而已。」

傑克森想起李若霜，心中不免擔心了起來。

「嗯，那就沒錯了。你知道Ophiocordyceps unilateralis嗎？」

「什麼阿夫一——……。」傑克森：「聽都沒聽過。」

「那是一種特殊的寄生真菌。」

「你的意思是，食血蟲是一種寄生蟲？」

吉米從布滿灰塵的書架上，取下一本破爛的本子。厚紙藍皮寫著「7314l939北野」，上面蓋有美國聯邦政府「最高機密」鮮紅印章，就跟電影裡的一樣。「哪，你讀讀。」

「這東西哪來的？」傑克森接過藍本書。

「別廢話，看就是了。」

「這是………日記？」傑克森翻了幾頁，就大概瞭解內容了。

這日記的主人，是一位日本姓北野的陸軍上校，根據描述判定，名字應該叫慶次。日記大抵紀錄了二戰期間，關東軍七三一部隊在中國東北進行的祕密實驗。有趣的是，山下少校害怕遭人窺探，全文皆以英文撰寫，雖然偶有文法與拼字的錯誤，卻反讓傑克森能輕而易舉看懂內容。

讀過戰爭史的人都知道，七三一部隊是惡名昭彰的「魔鬼部隊」。表面是所謂「防疫給水淨化隊」，但事實上，他們專司生化與細菌武器的製作研究。他們將抗日份子、游擊隊員、間諜、思想犯、通緝犯、戰犯及重大刑事犯，通通集中在此，作為生化實驗的「材料」。實驗品不足時，就到長春、哈爾濱附近抓一些「中國間諜」回來使用。

他們將實驗品稱作「馬路大」、「丸太」，意思就是圓木。這表示，他們壓根子沒把實驗者當人看。

他們在實驗場裡進行活體實驗，將細菌、病毒、化學藥劑直接注入人體；他們將活人關在玻璃樽裡，灌入毒氣；他們活生生切割人體，取出其內藏，斬斷其肢體，讓那些瘦弱的黃皮膚的中國人，在沒有施打任何麻醉的情況下，被迫眼睜睜看著自己開腸剖肚，抽出肝膽腸胃大腸小腸乃至於心臟。若實驗中死去，就任意丟棄、燒毀，或者成為其他實驗者的午餐。

他們將人丟到真空中，觀察人體的耐受度；他們將人活活烤死、凍死，觀察人類的忍耐極限；他們用牛血代替人血注射入人體；他們用手榴彈觀察人爆炸後的模樣。若說世界上真有地獄，關東實驗場肯定是最接近的地方。種種殘暴的作為，成為日本歷史上的一大汙點，當然，就跟南京大屠殺一樣，日本當局是打死都不會承認的。

日記中記載了北野在一九三九年間，生活上的大小瑣事，包括起居生活、人際關係、戰爭情報、性關係等。最令人矚目的，是他在七三一第四部二十三區主持的實驗計畫「Project Z」。聽起來很神祕，但說穿了，那只是個研究昆蟲構造與習性的小實驗。跟其他生化實驗比起來，簡直是微不足道。

儘管是小實驗，七三一還是很大手筆地建造了相當程度的實驗場，裡頭可以調控光線、降雨、溼度，甚至可以在東北的寒帶環境中，創造模擬出熱帶地區的氣候。可說是相當豪華奢侈的實驗空間。

傑克森挑選有做過記號的部分開始閱讀。

> 昭和三十年九月一日，晴，只有山田從門諾漢歸來，也帶來戰敗的消息，大家都不敢相信。他說，俄軍的戰車十分強大，他親眼看見板本少佐帶領的至少一千人的敢死隊，全部被火焰彈活活燒死，無人倖免。
>
> 河村與富堅也都戰死沙場，被機關槍打成了蜂窩。大家聽了都十分難過，願天皇保佑戰亡者英靈歸天。雖然大家情緒十分低落，但我相信，這只是一時的失敗，在天皇的英明領導下，我們很快就可以佔領中國、蒙古、甚至打敗蘇俄。軸心國將獲得最後的勝利，亞洲地區將永遠插上我大和民族的大旗！

見傑克森讀得入迷，吉米好奇問道：「你知道這段歷史？」

「恩，我對二戰歷史很有興趣，大學時閱讀了大量的資料，也包括中日戰爭的部分。日本太輕視蘇俄的實力，又自視太高，結果吃了一場大敗仗呢。」

「是啊。史達林樂得很。」

「你又知道了。」

「史小弟打橋牌，還得靠我呢。」吉米吐一口煙。

「最好是。」

繼續往下讀。

九月三日，寒風獵獵，黃沙飛舞。望著荒無的松花江平原，不禁令人想念出雲美好的田園風光，與家鄉的父老妻兒。

今日浦飯少佐回報，螞蟻群中確實出現脫隊的「特異份子」。

根據觀察，無故離群索居的螞蟻變得極度狂暴，會攻擊所有靠近的生物，蚯蚓、蟑螂、蜈蚣，皆無一倖免。甚至到蟻穴中將同巢的工蟻、幼蟲、蟻后通通分屍、吃掉。這到底是什麼原因呢？

夜晚，與滿洲國財務次長偕同欣賞映畫《白蘭之歌》，貌美如花的李香蘭演出精湛，博得滿堂彩。

狂暴化？脫隊的螞蟻？這跟食血蟲有何關聯？

九月九日，陰，頭疼欲裂，藥石罔效，令人煩心。中午，見報得知，幾日前德國已攻佔波蘭，軸心國的勝利又邁進了一大步。

午後三時，與浦飯入研究室，發現數隻脫隊螞蟻以下顎緊咬樹葉不放，頭部長出類似蕈類的球體物質，當然，這些螞蟻已經沒有生命跡象了。

我當下命浦飯少佐回收蟻屍，分析蕈類之成分，並於蟻穴附近散布此種蕈類，視察其結果。

「這種蕈類大概就是那種寄生真菌吧？」傑克森心想。之後幾天的日記，北野只紀錄了些生活瑣事，沒什麼要事。傑克森接連跳過幾頁，總算找到有記號的日子可讀。

九月二十二日，螞蟻一夜之間集體死亡，頭上均生長出怪異的紫色蕈類球體。數量之大，令人咋舌。

我研判，那蕈類可能具有某種特異的毒性，致使螞蟻出現異常行為，甚至集體滅絕。或許，能用在戰爭上。

如此設想，心中不免澎湃萬分。於是我命令浦飯二等兵繼續收集蕈體，但奇怪的是，向來反應聰敏的浦飯卻呆若木雞，叫了好幾聲才點了點頭。難道是病了？

九月二十三日，清晨，下級軍官宿舍傳來巨響，前往探查，浦飯二等兵發瘋了！他殺了同寢的猿野，整個頭被活生生擰下來。

我等夥同安官到達時，浦飯將自己的眼窩掏空，還大口咀嚼猿野的腸子。這已經不是人類的行為！接著他又意圖攻擊其他人，全然失去理智，再三勸喝無效，安官只好開槍射殺。

我們在他的床上，發現了大量蕈類。解剖時，亦在浦飯的腦部與皮下組織中發現紫色的球體蕈類。我命山口繼續進行分析研究。明日我將上報簽呈，即刻進行活體實驗。

傑克森不禁冷汗直流。浦飯少佐的狀況，跟A隊成員死前的狀況十分類似。他心想，難道是有人在美國境內散布這種生化武器？若是如此，那可是九一一以來最驚人的恐怖攻擊事件啊！

但為何沒人關心這件事情？連政府、媒體甚至行政官員都刻意壓低這件事的層級冷處理，還將罪嫌全都推給李若霜，視為個人犯罪。實在是令人匪夷所思！

傑克森放下北野日記，心中思緒極為混亂。他皺著眉問吉米：「所以，這種真菌會寄生在動物腦部，讓動物陷入瘋狂狀態？」

「正確地說，那並不是它主要的目的。Virus Hakuno，北野病毒，簡稱Virus H，H病毒——這是我們給他的名稱——侵入動物腦部後，會分泌出類似多巴胺、腦內啡等神經傳遞因子，控制宿主的思想與行動。最主要的目的，是將宿主當作繁殖場，孵化下一代的真菌。」

「所以，這種蕈類，就是利用螞蟻的腦部作為養分，孵化出的新生真菌？」

「是的。」

「聽你在講古，這跟食血蟲不一樣啊。」

「食血蟲，正式名稱是H四〇五。」

「H四〇五？」

「那是一種基因工程改造後，專門散布H病毒的人造生命體。」

吉米又拿出一疊資料，不過傑克森這次就完全看不懂了。裡頭全是以日文寫成的實驗報告，充斥各種術語與圖表。

「一九四五年，日本戰敗後，為了保護七三一的成員，將大量的研究成果，全數交予美國，換取七三一成員不受國際法庭審判。當時的總統杜魯門，接收了這些資料後，便在五十一區建立了地下研究中心。」

「根據北野最後的Ｈ病毒會模仿神經傳導物質，逐漸入侵腦部，佔領松果體後，便能控制人體的自律系統，進而控制宿主。但在人體實驗的結果，副作用是癲狂自殘。另外，為了讓宿主成為養分，Ｈ病毒還會製造大量的粒線體，釋放到宿主體內，讓細胞逐漸聚熱溶解。」

「等等，我看過受害者的屍體，頭上並沒有長出什麼怪東西。但是體內真的有類似蕈類物質。這是怎麼回事？」

「北野的研究只是初步雛型而已。現今版本的Ｈ病毒，已經不會出現繁殖蕈類的狀況。這樣可大大減少被發現的可能。」

「美國政府為什麼要開發這種東西？」

「最早當然是希望作為暗殺武器。」

「所以說，現在有人拿著這玩意到處散布，進行恐怖攻擊？」

「事情沒有這麼簡單。這等等再說。」吉米導回正題：「後來，研究團隊發現，有極少數的人天生有抵抗Ｈ病毒的能力。不但擁有抗體，還能將Ｈ病毒釋放的粒線體據為己用。」

「粒線體是幹嘛的？」

「粒線體是細胞內用來製造三磷酸腺甘（ＡＴＰ），簡單說，就是細胞裡製造能量的工廠。」

「原來如此。」

「在遠古時代，粒線體其實並不是細胞的一部分，而是寄生在細胞裡，與細胞核產生一種共榮共存的關係。」

「經過億萬年的演化，才被納入細胞當中。」吉米繼續說：「佔據了Ｈ病毒特殊的粒線體後，這些人會有異於常人的能力。或者說，他們全部被迫進化了。」

「什麼樣的能力？」

「這視個人情況而定，有些人能舉起三百公斤的重物，有些人被槍近距離爆頭三天後就恢復了，也有些人只是視力變好了。也有一些人擁有超能力。」

「你讓我想到，電影裡有一群軍人，專門研究怎麼瞪死一隻羊。」

「是，我是其中一員。」

「……」

「玩笑別當真。在美國政府的主導下，有一批軍方人士參與了這項實驗。自願將H病毒打入體內，希望能製造出超級戰士。」

「這……這是九死一生的賭博吧！」

「事實上，存活率只有十萬分之一。」

「有人願意幹這種事情？」

「掩蓋若干事實，加上一些冠冕堂皇的屁話與金錢，自願者就滾滾而來了。」

「結果呢？」

「結果可想而知，存活下來的人寥寥可數。但這些十萬中取一的倖存者，被組織成影子部隊R.A.V.E.N——渡鴉，專門處理國際間最棘手的事件。」

「所以，泰德與尼爾也是渡鴉的一員？」

「是的，他們是很後期的成員。能力不怎麼樣，無法上第一線，只好當作一般間諜使用。」

「但由於耗費的資源太過龐大，必須付出許多人命代價。研究人員在九〇年代，已經發展出不耗費任何人命資源的方法，將H病毒成功植入體內，」

「直到最近，似乎有人在紐約散布這種病菌。」

「是渡鴉幹的好事？」

「渡鴉只是執行組織，成員我們都通稱為程序執行者。而管轄單位歷年來有所變更，以前隸屬於白宮，後來隸屬聯合國，如今已經成為獨立的國際組織。二〇〇三年後，我雖然沒有脫離組織，仍受組織的管轄，但我也不再管事，組織也不會管我。」

「主要的問題還是在於，李若霜怎麼會跟這件事情扯上關係。」

「她也是渡鴉的成員啊。」吉米一派輕鬆。「大概是不希望太多無辜的人，成為實驗下的犧牲品。不過正確的原因……你還是親口問她吧。」

「她現在人在哪都是問題……」

傑克森倒抽了一口氣：「不要跟我說你也是。」

「是，我是第一代，不過已經退休了。」

傑克森差點沒昏厥過去。

只見吉米打趣地看著他：「所以，H病毒進入你體內，你卻能安然無恙地坐在這邊，跟我打屁鬼扯。你覺得這代表了什麼？」

「不是你治療了我嗎？」

「H病毒跟腦殘一樣，沒藥醫。我只是把你隔離在這，如果發生任何異狀，我就要親手殺了你。」吉米聳聳肩：「可惜了，沒殺成。」

這下子，傑克森全懂了。

吉米笑道：「恭喜，你是渡鴉的合格適任者。」

第九章
Trinity

聖殿

「我？適任者？」

傑克森喃喃自語，怎麼樣也揮不去心中頭頂那片令人焦躁不安的烏雲。

「可可可、可是，我並、並沒、沒、沒有什麼特異能力啊。你看。」傑克森在吉米面前甩手、舉拳、踢腿，試圖想證明自己只是平凡人類。

「別別別別恐慌，我先幫你找部時光機。」吉米拍拍他的肩膀：「一開始都是這樣子的。不過沒關係，我已經幫你想到『解決』辦法。」

「什麼辦法？」

「把你一起解決掉。」

「謝謝你的好心唷。」傑克森白了吉米一眼：「並不想。」

叩叩兩聲，約翰細聲從門外回報：「老大，『人』到了。」

聽見約翰的聲音，傑克森不禁打了個冷顫。

「來得正好。」吉米道：「讓他進來。」

厚重的木門一打開，一位東方男性走了進來。他神祕地微笑，向傑克森道：「又見面了。」

「你是……」傑克森瞇著眼，想看清楚眼前的人。全身上上下下打量了好幾回，就是想不起在哪裡見過他。

那東方男子手勢比了個「三」：「昨晚跟你照過面，今天就不認得了？」

傑克森眼睛瞪得像橘子那麼大，喔喔喔地狂叫：「是你！那個銀鷹騎士！」

男子優雅地點個頭：「幸會，叫我鷹就可以了。」

「你好，我叫傑克森，謝謝你救了我。」

「小事，放幾個雞爪釘而已。」鷹點起一根黑色的香菸：「不過你的反應這麼快，也出乎我意料之外。我還以為你會跟著沉到大海裡呢。呵呵……」

鷹說得一派輕鬆，傑克森卻是一點也笑不出來。

傑克森看見了菸盒，品牌是Black Devil。

吉米道：「銀鷹騎士？這綽號還真響亮呢。」

「你就別挖苦我了。再怎麼樣，也不比『第一適任者』響亮啊。」男子玩笑道：「吉米經歷過的事情，要是寫成小說，大概可以寫個矮人亂竄精靈狂奔的魔戒三部曲了。」

「那敢情好。」傑克森沒好氣：「幸好不是哈○波特。」

「有什麼不好？葛來分多加十分。」吉米從酒櫃拿出杯子：「要茶？還是咖啡？」

鷹道：「威士忌，冰塊。」

「哼，還真不客氣。」說歸說，吉米還是照樣倒了四分之一杯，外加一顆冰塊，十分周到的招待法。

濃醇的酒香隨即飄散在斗室。傑克森肚子忽然咕嚕嚕嘎天作響，這才想起自己還沒吃東西，身體頓時感覺一陣癱軟。

鷹啜飲著甘醇的生命之水。笑道：「看來，我們的新朋友肚子餓了。」

吉米會心一笑，朝天空拍了個手。幾分鐘後，禿頭約翰便端來一大盤美式起司漢堡、薯條、塔可，還有附贈咖啡、可樂各一。期間約翰一直以怪異的眼神看著傑克森，傑克森從頭到尾都不敢正眼看他。

傑克森雙手捧起那四吋的雙層牛肉漢堡，看得是雙眼發愣，大口一咬，便狼吞虎嚥了起來。不消幾分鐘的時間，就把桌上的食物一掃而空，吃完還吮指回味再三。「飽啦飽啦。

欸，吉米，我還以為你這裡只賣毒品跟酒精。沒想到東西還真不錯吃。」
「什麼話？這可是我們Bloody Sabbath自豪的招牌美食耶。『約翰愛心特餐』。」
傑克森聽了險些將食物吐出來。連忙吞下好幾口可樂，才止住嘔吐的渴望。
吉米驚道：「這該不會就是你的特殊能力吧？」
「什麼特殊能力？」
「暴食。」
「那是七宗罪吧！」
鷹聽得哈哈大笑。「這可是適任者有史以來最『實用』的能力了。」
「好了，玩笑話到此為止。」吉米嚴肅道：「鷹，現在情況如何？」
吉米的聲音，連傑克森都清楚感受到，頓時充滿肅殺之氣。
「我剛從組織分部回來。」鷹點起一根黑色香菸。「李若霜根本不在渡鴉。」
「什麼！」
相對於傑克森的情緒激動，吉米反倒顯得冷靜：「果然，尼爾一伙人已經背叛組織了。」
「恩，看來，阿爾貝特也脫不了關係。」
傑克森拖著下巴：「那李若霜現在在哪？」
鷹答道：「據探子回報，現在李若霜在地下墓地。」
「探子？喔，『雷達』小姐也來了？」
「是啊。」鷹道：「沒有她可不行。」
聽到這裡，吉米對整件事情的來龍去脈，已經了然於胸。「這下子，是誰搞的鬼，已經很清楚了。」

「這麼說來，聯邦政府大概已經跟教廷聯手了吧？」

「看來是這樣沒錯。」

傑克森皺著眉：「什麼意思？聯邦政府跟梵蒂岡教廷聯手要幹嘛？」

鷹道：「不清楚，不過單就散布生化武器這點來看，鐵定不是好事。對吧？」

吉米道：「我猜，李若霜也很想知道內幕，才勉為其難跟尼爾『走』這一趟吧？」吉米將雪茄咬在嘴邊，露出一口黃斑牙齒。

「呵呵。」鷹暗笑兩聲：「這就是所謂直搗黃龍嗎？」

傑克森想了半晌，這才領悟過來：「等等，你是說，李若霜是故意被抓的？」

「廢話，」吉米道：「兵棋推演時，李若霜一個人，就代表一整師的兵力啊。」

「這……」傑克森無話可說，因為他自己也親眼看見，李若霜半小時內，以一把銀劍，一把貝瑞塔手槍，就解決了三十位精銳武裝戰士。這使他不得不相信吉米近乎誇飾法，卻又無比真實的言語。

鷹嘖嘖兩聲：「可憐的傢伙，誰不好惹，去惹到冰霜死神。」

吉米導回正題：「所以，組織現在對李若霜的態度是？」

鷹將威士忌一飲而盡：「其實，組織一直很希望李若霜能重新回到編制內。或許能藉由這次機會，讓雙方關係破冰吧。」

吉米也倒了一杯，在手上搖晃：「這樣，我們不至於這麼尷尬吧。」

「是啊，」鷹道：「老是躲躲藏藏，也不是辦法。」

「呵呵。反正組織都知道，不是嗎？」

「不過，李若霜這一攪局，倒是讓幕後指使者呼之欲出了。」
「也算是歪打正著吧。」
「組織授權給我，希望能透過這次的合作關係，讓李若霜歸建。」
「所以要想辦法賣個人情給她，是嗎？」
「是啊。」
傑克森打斷兩人對話：「你們在說什麼我都聽不懂。」
吉米不耐道：「總之，現在有兩個吃裡扒外的混帳，借用組織的名義為非作歹，亂放食血蟲做實驗，要把成果拿給一個叫『教廷』的邪惡組織。我們現在要去踢他們屁股，救出李若霜，順便拯救世界。你跟是不跟？」
傑克森道：「我不清楚你們渡鴉是幹嘛的，也不想知道你們跟什麼狗屁組織有什麼恩怨。我是紐約警察，他們任意殘害我的市民，殺害我的兄弟。現在李若霜被嫁禍，變成殺人兇手。」
吉米補充：「別忘了還有殘害你。」
「對，還有我。我現在連自己是不是正常人都不曉得了。所以我要逮捕這群在我地盤上撒野，狗娘養的臭鱉三。」
鷹吹了個口哨：「有膽識。」
傑克森眼神堅定：「算我一份。」
就這樣，傑克森在糊裡糊塗搞不清楚狀況的情形下，加入這場改變他一生的戰役。
傑克森慣性往左腿一抓，發現自己的槍就不見了。
吉米道：「你的那把爛槍，早就丟在廢墟啦。」

「不過你值得更好的。」

吉米從書櫃拿出一本書，整個書櫃便緩緩向右移動，出現一間密室。傑克森走進密室，裡頭竟然是個超級軍火庫。大大小小的槍枝，從ＡＫ４７到Ｍ４Ａ１，甚至鮮少出現在市面的各種槍枝，這裡應有盡有。

傑克森頻頻搖頭，讚嘆著眼前這片落英繽紛群魔亂舞的槍枝天堂。「要是現在逮捕你，山姆局長的位置，就要換我坐了。」

「好說好說，蛇頭史內克來紐約出差，還得跟我調貨呢。」

「選個順手的吧。」

傑克森不貪心，只拿了一把輕便的Glock 17制式手槍。

「這樣的裝備沒問題嗎？」鷹聽來似乎有些擔心。

傑克森很有自信：「放心吧，沒問題。」

「最好是吼。」吉米白眼一翻。

＊＊＊＊＊＊

坐落於曼哈頓下城區，百老匯與華爾街交叉口的三一教堂（Trinity Church），是英國國教會於一六九七年所建立，是當時紐約下城區最高的建築，也是紐約市最古老的教堂，歷史意義非凡。

所謂「三一」，指的是天主教的基本信條——「三位一體」——聖父、聖子、聖靈為同一本體，分別顯現之三種位格。簡單說，就是聖父、聖子、聖靈都是神，但聖父不是聖子，聖子不是聖靈，聖靈不是聖父。

這個基本信條，是羅馬皇帝君士坦丁一世在尼西亞會議上，與教宗共同商討所制定，卻引發大批教徒反彈，但這些異議者，都被當局斥為異端，而處以死刑或火刑。中世紀後，絕大多數基督徒都已接受這樣的概念，而「三一」這個詞，也因此長存於人類歷史中，被廣泛使用。

三一教堂因祝融之災於十九世紀重建，成為現今的哥德式建築。暗紅色尖塔，玫瑰色砂岩磚牆，銅雕大門，被視為當時的建築傑作。一直到現在都是觀光的熱門景點，甚至許多電影也在此取景。

深夜，傑克森一行人才出現在距離三一教堂約三百公尺的星巴克。此時的天氣就像氣象報告所預測的反聖嬰現象，全城進入冰風暴雪的警戒狀態。銀行股市的投資客，早已回雀兒喜高級住宅區，百老匯也因風雪而全面關閉。街上只剩下零星無家可歸的流浪漢，躲在騎樓下，蜷縮身體，舉著「工作換食物」的牌子。

吉米推開潔淨的玻璃門，走到外頭冰天雪地的世界，將喝剩的焦糖馬奇朵與半個起司三明治放在正坐在咖啡管門口的流浪漢面前，流浪漢像是看到無價珍寶，二話不說先搶到手上，一溜煙就不知跑到何方。

「別做無謂的事。」鷹一邊點燃香菸一邊抱怨。

吉米拉了拉皮衣袖口：「有什麼關係？行善積德一下，放輕鬆點。」

「上次在伊拉克，你隨便放了個難民進兵營，結果居然是自殺炸彈客，搞得聯軍雞飛狗跳你忘了。」

「……你這人怎麼這麼愛記仇？」

「這叫謹慎，謝謝。」

傑克森看手錶，十二點四十五分。「已經這個時間了，還不進去嗎？」

鷹見新同伴有些急躁，解釋道：「別急，我們現在進去，『主角』如果沒到齊，躁進行動，就功虧一饋了。」

「是啊，你也不想李若霜的辛苦白費吧？」

「唔。」

鷹忽然低頭，眼神專注地望向前方，似乎盯著什麼。

吉米道：「來了嗎？」

一位金髮女子的身影，從風雪中現身。

傑克森不敢多話，不自覺地抵住手槍，只要吉米一聲令下，他便會立即瞄準眼前的目標。不過，事情卻似乎不是朝向惡意的一方發展。

女子在十公尺外的距離停了下來，望向吉米：「別來無恙，吉米。好久不見了，自從離開巴格達。」

吉米也跟女子打了個招呼，就像見到老友一樣：「是啊。凱薩琳。」

被喚作凱薩琳的女子笑道：「能被『第一適任者』記住名字，是我的榮幸。這次，是什麼風把你吹出來？」

吉米聳聳肩，指著傑克森：「托李若霜的福，我得當這傢伙的褓姆。」

傑克森反駁道：「我才不需要你照顧。」

女子上下打量著傑克森：「這傢伙……就是新的適任者？」

「是啊。」

「看起來……不是很強？」

「他的技能是在黑夜中隱身。」吉米莞爾道。

傑克森有點生氣，脹紅了臉：「我警告你，別再開這種種族笑話了。」傑克森瞥見凱薩琳的眼睛閃過一絲奇異的光芒。這時他才發現，凱薩琳左眼瞳孔是黑色，右眼則是碧綠色。

凱薩琳驚訝地摀住嘴巴：「天啊！他竟敢對第一適任者不敬，他的技能應該是『勇氣』吧？」

「或者你可以說是白目。」

「喂喂。」傑克森已經不知道怎麼吐槽了。「啊，忘了自我介紹，你好，我是紐約警察，叫我傑克森就行了。」

傑克森伸出手，凱薩琳看著那隻黑色的手，最後還是伸出了手。

「我叫凱薩琳，幸會。」

吉米打岔道：「叫她『雷達』就可以了。」

凱薩琳嬌嗔：「不可以叫『能力名』，那是很無禮的。傑克森以後見到能力者也不可以這麼作，知道嗎？」

「痾，是……」他還有選擇的餘地嗎？

「閒聊到此為止。」鷹很不懂情趣地臭著臉打斷三人：「裡頭情況如何？」

「工作狂。」凱薩琳哼地一聲，目光卻不時對男子傳送秋波。「李若霜在地下墓地。一群狂信者準備『淨化』她。」

「淨化？」

「呃，一般的說法，就是火刑。」

「火刑？活活燒死？」令傑克森不可置信的是，他自己對這些不可置信的事情，已經習慣到不可置信的地步了。

吉米道：「狂信者？果然跟梵蒂岡有關。這群人可不好惹。」

鷹道：「尼爾呢？」

「他的氣混雜在狂信者之中，雖然無法確認位置，但的確在裡頭。不過，我還感覺到有股十分陰毒的氣。」

「應該就是『程序執行者』了吧？」

「我們不清楚對方的底細，一定要小心。」凱薩琳道。

鷹深深吸了口煙，皺眉道：「行了，你只要專心當我們的ＧＰＳ就行了。」

凱薩琳原本想說什麼，聽到鷹這麼說，又將話吞了回去，幽幽地望著冷漠的鷹許多。她從夾克口袋拿出三副耳機。

「哪，一人一個，我會隨時向你們報告狀況，提供各種支援。」

傑克森將耳機塞進耳朵：「無線電？」

凱薩琳對這問題有些不解，答道：「類似。」

吉米拍了一下他肩膀：「小子學著點，在渡鴉裡頭，這叫做『心靈傳導』。」

「意思是說，一般是用無線電波傳輸，而這玩意是用某種超能力這樣？」

「唷？看來你越來越進入狀況了呢。」

傑克森無奈地嘴角上揚：「我的精神果然也開始不正常了。」

「別想這麼多，總之把它當作輔助道具就對了。」鷹道：「凱薩琳向來都是很可靠的嚮導。」

「鷹……」凱薩琳感動得簡直要落淚了。

傑克森聽見凱薩琳鈴音般清脆的聲音從耳際響起，但卡薩琳嘴巴並沒有動。看來，他現在除了要對任何超自然現象見怪不怪之外，還必須習以為常，讓他出現在日常生活當中。

凱薩琳的聲音道：「好，大家應該都聽到了。」

「聽到。」那是鷹的聲音。

「收到。」那是吉米的聲音。

「傑克森你呢？聽到了嗎？」凱薩琳的聲音問道。

傑克森開口：「聽到了。」

「喔，我差點忘了你還不會用心靈溝通呢，真是菜到掉渣，呵呵。」

「喂……」傑克森開口抱怨。

「抱歉，」凱薩琳用心靈傳導回答。「你只要在腦海中，想著你要說的話，話與自然就會透過傳輸器到每個人的耳朵。」

「喔，」傑克森心神專一，在腦海想像「吉米這個老糊塗。」隨即感覺後腦杓一陣疼痛。

「學得真快。」凱薩琳道。「好，這樣子就可以了。」凱薩琳打開星巴克的玻璃門走了進去，一面用心靈傳導：「我會持續注意敵方動態，引導你們走向正確的方位。」

「恩，走了。」在鷹簡略的指示下，三人頂著風雪，朝三一教堂而去。

平時熱鬧繁華的紐約街頭，如今卻異樣地悄然無聲，就像死城一樣，只有暴風雪呼呼作響。

幾分鐘後，三人來到教堂西側的墓園。

這片墓園已經有至少三百年的歷史，由於地處市中心，因此也常被稱為「世界上最貴的墓園」。

空無一人。

鷹拿著手電筒領路，似乎在找什麼。

「入口呢？」鷹用心靈傳導問道。

「呵呵。」凱薩琳聲音聽得出得意：「他們雖然隱藏得很微妙，不過果然還是我技高一籌，被我找到了蛛絲馬跡。往前走，繞過『詹姆士』左轉，直走到『德悉達』，然後往右第三個墓碑，恩……『彼得』。」

在鷹的領頭下，先找到了「詹姆士」的墓碑，那是一座巨大的十字架石碑，傑克森還被絆得踉踉倉倉，險些跌倒。左轉直走，經過一棵偌大的樹幹。傑克森想起曾經在新聞看到，這棵樹原本十分茂密，在九一一之後，被天外飛來的水泥塊傷及根部，便日漸萎縮，才變成今天如此蒼老衰敗的模樣。

經過大樹，「德悉達」的墓就在眼前，那是一座只有三十公分這麼高，且用的石材十分廉價，長時間的風雪摧殘，除了名字之外，其他字跡皆已經模糊不清。就像是一塊蒼白的石頭，無語佇立在銀白色的風雪之間。傑克森不覺心中更冷了，在胸前畫了個十字，祈求上帝保佑往者能早日上天堂。

鷹拿著手電筒左轉，傑克森心裡頭默數‧第一個墓，第二個墓，然而，鷹卻在此時停了下來。

吉米一頭撞在鷹堅實的後背，痛得差點喊爹喊娘：「怎麼回事？」

「琳，你確定是這條路嗎？」

「咦？」凱薩琳先是遲疑了一下，然後道：「沒錯啊，是這條路沒有錯。」

「有什麼不對嗎？」凱薩琳繼續問道。

吉米看了也不禁瞪大了雙眼，完全不知該如何是好。「這下事情大條了。」

傑克森衝到最前面，看了隨即向天空喊：「這根本是一片牆啊。」

「怎麼可能？」凱薩琳失聲叫道。

傑克森幾乎可以想像，凱薩琳坐在星巴克裡，驚訝得把咖啡從嘴裡噴出來的滑稽樣子。

「不曉得能不從後面繞？」傑克森心想。這道牆總有個盡頭吧？然而，他從牆左側一直跑到右側，讓了一整圈回來，結論是，「彼得」的墓被水泥給封死了。而且水泥牆竟然有高達五層樓。

就跟旁邊的三一大教堂一樣高，活像個大煙囪。怪異的是，明明是十二月暴風雪的日子，這牆面上依舊布滿了無數藤蔓，枝條就像是一根根蒼白的骷髏，守護著這根詭異的大煙囪。

「不行，四周都被堵死了。」

傑克森又查看四周的墓碑，的確都不是「彼得」。

吉米看著眼前這片十米高的大牆，心中似乎若有所思。

「該死。」鷹束手無策：「現在怎麼辦？」

吉米手按牆面，閉眼冥想，嘴裡念念有詞，傑克森即使靠得近，也聽不清楚他在念些什麼。不，或許是說他壓根子聽不懂那是什麼語言。既不是英文，也不是歐洲的拉丁語系，若說是單音節的東方語言，那倒還有三分神似。

「退後。」鷹一面說一面自己也退了幾步。

退開沒多久，吉米按住牆面的手，發出了暗紅色的光，逐漸形成一個球狀。紊亂的風將雪花吹得八方亂竄。這景象雖然神奇，但傑克森卻不是第一次見到。他暗忖：「這跟昨天李若霜在廢棄工廠時很類似。」

傑克森忘了自己已經配戴上心靈傳導器，所有的心聲都會自動傳輸到同伴的腦中。

「不錯，她是我最引以為傲的學生。」

吉米的話令傑克森吃驚不已，但還來不及思考，那暗紅色的光球便憑空沒入牆面，不一會兒，藤蔓便逐漸發紫枯萎，然後逐漸銷散死去，傑克森甚至還可以傳來陣陣聞到腐臭味。

藤蔓逐漸退去後，牆面出現了一個大洞，傑克森探頭進去，是個精緻的小墓，上頭寫著「彼得，我的摯愛，願你安息。」吉米在胸前畫了個十字，然後將墓碑給推開，下頭是個向下延伸的石階。

「看來，你是對的。凱薩琳。」吉米笑道。

「我還以為我要失業了呢。」凱薩琳鬆了一口氣道。

鷹拿著手電筒，率先走下階梯。「走吧，我帶路。」

第十章
Pagan

狂信

一行人走下墓地石階，伸手不見五指，一片漆黑，前方只有鷹手上搖晃的燈光做為嚮導，這使他感到異常地緊張，因而聞到自己腎上腺素的腥臊味。

他想起很久以前一部電影，叫做厄夜叢林，那種低畫質、失焦、熱噪點滿佈，男人女人哭泣吶喊丟下一切逃跑的混亂場景。

在黑暗中不斷向下，使他幾乎失去了時間感，幾乎就像是一場不斷重複的噩夢，一次、一次、再一次地令你品嘗最深沉的痛苦。

「咖」，他聽見打開門的聲音。

「到了。」吉米回頭說，試圖想弭平結傑克森的不安感。

「謝天謝地，我還以為我們要一直走到地心呢。」

走出狹窄的石階道，他以為自己會進入像是法櫃奇兵那種基本款的古代迷宮。但映入眼簾的，竟然是再普通不過的場景。「這……這不就是個地鐵站？」

吉米拍拍他的肩膀，指著告示牌：「你看看。」

傑克森恍然大悟。

不！這不是一般地鐵站，這裡寫的不是華爾街站，不是百老匯站，不是第五大道站這些「紐約地鐵」中應該出現的站名。偌大的牌子上，以草體英文寫著「終點站——聖殿」，藍色箭頭往左，指向沒入黑暗的鐵道，也以草體英文寫著「聖母院」。

「這是哪國的地鐵？為什麼下一站是法國那個聖母院？」

「如何，是不是很神奇？」

鷹將手電筒關了，隨手丟到旁邊。「這是以梵蒂岡為核心，通往世界各大重要城市的超級鐵道。為了減少麻煩，凱薩琳帶我們走的是『逃生通路』。」

「三一教堂就是聖殿？」

「那是給死老百姓拜拜用的，真正的聖殿是在地底下。」

凱薩琳的聲音又出現在三人腦中：「要解釋以後來有機會，『儀式』要開始了，再不快一點李若霜就要被『淨化』了。」

三人互點了個頭，便依據凱薩琳的指示，沿著隧道向前。

前方有幾隻圓形燈光在牆壁上晃動。

凱薩琳警告：「小心，前方有人！」

鷹示意其他兩人不要出聲。他細聲道：「我來處理。」

鷹拉了拉衣領，逕自向前走去。吉米與傑克森則各自尋找掩護，緊盯著鷹，一有任何狀況，兩人從後來給予支援。

微光中，四名穿著白色連身斗篷，看起來像神職人員的人走了過來，雖然看不見臉與表情，但從他們手上所持的FAMAS犢牛式自動步槍。

那幾個人發現了眼前出現一位陌生男子，紛紛緊張地舉起槍。「什麼人？」

鷹先是舉起了雙手，然後從夾克中取出某種文件。

其中一位像是小隊長的人接過文件，立刻向鷹敬了個禮：「原來是長官，失禮了。」

「情況如何？」鷹問道。

「報告。」小隊長畢恭畢敬地回答：「沒有異狀。」

「小心點，今天是很重要的日子，我想一定很多『老鼠』伺機而動呢。」

「是。」

鷹道：「辛苦了。忙你們的吧。」

小隊長命隊員向鷹敬禮，便轉身繼續朝地鐵方向巡邏。
「等等…」
「是，長官什麼事情？」
「我怎麼沒見過你們？」
小隊長聽了有些慌張：「婀，長官不好意思，我們是新進人員。」
「哼…看到我都不認識，真是菜得可以。」
「真是對不起。」
「把斗篷取下來，我看看你們的長相到底是有多笨。」
「是。」小隊長唯命是從，自己將斗篷脫下，其他兩名隊員也跟著照做。
三人看起來臉孔都十分年輕。
吉米從暗處現身，喊道：「很好。」
三人注意到這個陌生的老人，全都轉身舉槍瞄準。
此時鷹從夾克中掏出裝有滅音器的手槍，上膛後快速而準確地擊出三發，發發命中頭部。巡邏小隊便在半秒間全數喪命。
吉米趁血還沒滲出腔外，趕緊將三人的白袍褪下。吉米見傑克森傻在一旁，低聲慍道：「還不幫忙？」
「喔。」
「菜鳥就是菜鳥。」吉米喃喃自語。
小隊長胸前的無線電傳出聲音：「貝塔（Beta）小隊，這裡是HQ，我們聽到怪聲，有任何狀況嗎？」

鷹將無線電撿了起來：「ＨＱ，這裡是貝塔。」鷹繼續從小隊長的衣服內裡，翻掏出證件，鷹看了證件一眼：「我是小隊長詹明信，發現老鼠，已處決。」

ＨＱ回應：「很好，請繼續執行。」

將三具屍體藏妥後，吉米仔細端詳白袍。

「還好我動作快，不然沾了血就不能用了。」

吉米將白袍發給鷹與傑克森穿上，各自將配戴上ＦＡＭＡＳ步槍，偽裝成貝塔小隊。在確認彼此的裝備都正常後，三人繼續朝聖殿前進。

「你叫我老鼠？」吉米乎忽然發神經，雙手插腰，面有慍色問道。

鷹又將香菸放到嘴裡。「開個玩笑嘛。」

傑克森趁機問：「你剛才到底給那個可憐蟲看了什麼？」

鷹深吸了一口煙，又將食指放在嘴前。「商業機密。」

凱薩琳插嘴道：「人家也很像看看鷹的祕密呢。」

「安分帶你的路。」鷹不解風情道。

沿著地底道路向前，所幸路旁都有火把，使三人得以按照火光的方向繼續前進。奇妙的是，儘管地底火光通明，但「天頂」依舊是一片漆黑，使傑克森無法辨識這個地底洞穴到底有多大。

三人偶爾也會遇見其他巡邏隊，鷹也會若有似無地與對方打招呼，並以道地的法文交談，因而皆能輕易蒙混過關。

傑克森看了一下時間，已經一點四十分了。他心想，不知道李若霜怎麼樣了？淨化儀式開始了嗎？

凱薩琳似乎聽見了他的心聲，笑道：「鷹，看來你多了一個情敵喔。」

鷹道：「你什麼時候產生我喜歡李若霜的錯覺了？」

「死鴨子嘴硬。」吉米道。

傑克森感覺臉頰脹熱：「原來，我想什麼你們都聽得見啊？」

吉米又「巴」了傑克森的頭殼：「阿不然你以為心靈傳導是傳假的喔？」

沿著火光向前，通道越往前越狹窄。道路的盡頭，是一個只能讓一個人通過的洞穴，洞穴外一樣有幾個白袍衛兵守著。

凱薩琳的聲音從耳機傳來：「再過去就是聖殿了。」

三人以鷹為首，逐步走向洞穴，鷹將斗篷放低點遮住自己的臉。

守衛先是敬了個禮，鷹也回禮。

「貝塔小隊隊長。」

「辛苦了。」鷹回道。

「證件。」

鷹愣了一下。

「糟，小隊長的照片沒換。」傑克森在心中喊道。「這樣下去會穿幫。」

守衛見鷹沒反應，將槍上膛後重複了一次：「證件。」

其他守衛發現有異狀，也紛紛將槍上膛，一副劍拔弩張的樣貌。

此時吉米緩緩走上前來，拉了拉鷹的衣袖，所有守衛皆緊張地看著他莫名其妙的動作。

「退回去，士兵！」

吉米先是取起雙手，然後緩緩一邊將斗篷打開，一邊拿出證件。傑克森感覺到一股莫名的氣氛，瞬間籠罩了整個區域，就像是一層看不見的黑霧，吉米睜大了眼，望向四周的守衛，傑克森看見吉米的瞳孔深處，顯現出某種旋渦狀的青色火光。

吉米退了回去。在心中向鷹道：「好了，來吧。」

鷹哼了一聲，也緩緩將證件拿出來。證件上染了血，與鷹的長相也不一樣，傑克森心想，這是哪招？這不就穿幫了嗎？

凱薩琳道：「不要胡思亂想，仔細看。」

守衛接過證件，仔細地比對證件上的照片與鷹的長相，端詳了半天，竟然將證件還給鷹，笑道：「原來是詹明信，剛剛誤會了。沒問題，放行。」

守衛紛紛收槍放行。

在洞穴的隧道裡，傑克森忍不住用心靈傳導問吉米：「你那是什麼巫術？」

吉米聳聳肩：「想學嗎？很好用喔，把妹賺錢什麼的。」

「你只會幹這種無聊事嗎？」鷹有點不高興。

凱薩琳笑道：「不愧是第一適任者。」

「哼，我討厭這稱號，別再這樣叫了。」吉米道：「對了，我還有一樣很強的能力，等我回去讓你見識見識。」

「沒關係，你留著自己用。」

狹窄的通道終於來到了盡頭，豁然開朗，傑克森走出洞穴，一座巨大的教堂，就這樣佇立在地底洞穴中。他的外觀與三一教堂並無二致，唯一的區別是，它是以白色大理石建成的。

而「大門」則是一扇巨大的木門，看來比地面上的銅雕大門還要古老。上頭的雕飾卻明顯感覺並非基督教文化體系。

「魯尼文字。」吉米道。「北日爾曼族所使用，已『死亡』的文字體系。」

「要進去了。」鷹以心靈傳導提醒兩人。

鷹按照慣例，領頭推開大門，悄悄地從縫隙鑽進去，其他兩人也跟在後頭。

聖殿雖然外觀與地面上的三一教堂十分相像，但裡頭卻完全不同。在傑克森的印象中，三一教堂裡頭寬敞明亮，充滿平靜的氣息，從彩繪玻璃透過的陽光，往往灑落在古老暗咖啡色長椅，神聖而莊嚴。但這個聖殿卻是完全相反，陰暗潮濕，空氣中充滿陰氣與霉味，與人體的腥臊氣味。一如中世紀所繪之異教徒的地下祕密廣場。

聖殿呈漏斗狀，沿途亦插有火炬，使傑克森感覺像是古代版的ＮＢＡ球場。一進來聖殿，他們就立即發現，一行人並不是最早進來聖殿的。

聖殿呈現同心圓狀的座位上，通通已經客滿，他們皆穿著暗灰色的斗篷與長袍，朝中心觀看。傑克森粗略估計，大約有五百人之譜。隨著隨著眾人的視線向中心望去，一根巨大的木頭就佇立在中央，下方有許多雜草，而李若霜就被綁在那巨大的木柱上！

「李若霜！」傑克森險些失控向前衝去，吉米連忙攔下。

「別衝動。還不到時機。」

傑克森受過專業的警方訓練，也深知時機的重要性。這才恢復了冷靜，他環顧四週：「這些人是誰啊？」

「狂信者。」吉米冷冷道。「任何時代皆有的愚蠢之輩。」

傑克森道：「這些人都是打哪來的？」

鷹道：「末日聖徒會。」

一聽到這個團體，傑克森就完全懂了。

末日聖徒會雖然不是個沒沒無聞的團體，但也僅止於傳說，甚至在一些不入流的小說或電影中，可以見到這個名字的蹤跡。其基本教義十分狹隘，是一種純白種人式的救贖觀。

全世界都有他們的的分部，會員遍佈於各國金字塔頂端的政商名流，也因此往往能影響各國國策。

「等會聽指令行事。」鷹道。三人很有默契地各自散去，一邊偽裝成守衛，自處巡察，一方面各自尋找最佳的監控點。

「琳，情況如何？」

可能是身處地底，又在建築物中，連心靈傳導都出現了些微的雜訊。「有兩股強大的氣，就隱藏在聖殿附近，但位置太深了，我無法偵測到正確的方位。鷹，要小心點。」

「恩，這樣就夠了。」

「我跟吉米就不用小心喔？」傑克森又忘了心靈傳導的強大功能，以致於再次透露了自己的心聲。

凱薩琳道：「傑克森、吉米，也請小心。安心把背後交給我。」

吉米傳來笑聲：「這菜鳥，連隱藏思緒都不懂。」這令傑克森感覺自己的臉一陣紅一陣紫的，不過從外觀上來看，也還是黑的。

狂信者們口中喃喃念著某種單音節的咒語，單調而一致，整個聖殿被一種「翁翁」的低頻聲所籠罩。

念咒的音量隨著時間增長也愈來愈大聲，而狂信者的情緒似乎也因此愈來愈亢奮，部分人保持宗教式的虔誠與肅穆，不過大部分的人則已經進入非理性的狂熱，不斷前後搖擺身子，眼神透露出致幻後自我陷溺的呆滯神情。那種聲音極度充滿催眠效果，使傑克森忽然感到一股濃重的睡意。

「我這邊收到強烈的雜訊，看來有高強的術士在場，施展某種精神屏障。」凱薩琳的聲音斷斷續續，幾乎要被音場扭曲掩蓋，必須十分仔細聽，才能聽清楚她所說的一字一句。

老練的吉米提出警訊：「小心，別睡著了，這音波會侵蝕你的腦，讓你變成他們的同伴。」傑克森聽得是心驚膽跳，連忙將心神統一，他可不想讓自己的精神也被禁錮那莫名的音場漩渦中，就像那群狂信者，陷入無法自拔的恍惚狀態。

傑克森注意到木樁上的李若霜，閉眼垂頭，黑色長髮被火炬照得一片紅。「不知道是不是被施打了某種藥劑，似乎昏迷了過去，一動也不動。」

「你還是擔心你自己吧。」吉米道。

鷹透過心靈傳導：「散開。等會有狀況，隨時聽我命令行動。」

「瞭解。」

「瞭解。」傑克森簡短回答。

傑克森往左方走去，吉米往右走，鷹則向前不斷靠近中央。一場大戰即將來臨，他不禁全身微微顫抖。

傑克森偷瞄身邊的狂信者，因用力的搖晃而露出了臉孔。那是一張經過細心修飾的潔淨面容，鬍渣剃得十分乾淨，鬢角修得有條不紊，連眉毛也經過整理，一點雜毛都沒有，而金色頭髮也抹上浪子膏，直挺挺地立起。

暗灰色長袍下那件作工精緻，高領打摺滾金邊，所費不斐的亞曼尼襯衫，更透露了他來自上流社會。

旁邊那位女性，灰袍下隱藏了連身黑色短裙小禮服，脖子上那串巧奪天工的金飾，晃呀晃地撞在她鎖骨上發出陣陣聲響，偶然從灰袍帽緣顯露出那野獸般的非人性的可怕眼神，令傑克森覺得有些反胃，不願再看下去，繼續漫無目的地走著，眼睛盯著被綁在木樁上，似乎陷入昏迷的李若霜。

忽然間，所有聲音都安靜了下來。就像是風雨前片刻的寧靜，傑克森知道有大事要發生了。吉米道：「有人出來了，隨時注意。」

才聽吉米這樣一說，從中央圓心暗處便走出一位身穿白袍的高大中年男性。傑克森花費不到半秒的時間，就認出了他的身分。

「是尼爾！」

傑克森正要向前衝去，幸好鷹及時發聲，才阻止了他魯莽衝動的行為。「慢！時機還沒到，你想害死所有人嗎？」

「可是！」

「閉嘴，菜鳥。我說什麼你就做什麼。」

「……」

「喂，人呢？回話。」吉米怒道。

鷹嘆了口氣苦笑：「不用說了，他把心靈傳導拔掉了。這位新人膽識可真不小。」

聽到鷹的話，吉米的怒氣忽然一掃而空：「是啊，就跟某人一樣。」

「隨他吧。死了也無所謂。」

「恩。」

尼爾高舉火炬，原本已經安靜下來的狂信者們又一陣騷動。

「各位，」尼爾以高亢的聲音引起了所有人的注目。「今天是我們聖徒的聚會日。願神賜予平安、喜樂。阿門。阿門。」

「阿門。」眾人回答。

尼爾看來對自己的群眾魅力十分滿意，抬高下巴，嘴角上揚，張開了雙手要大家肅靜。

「今天，我們同聚一堂，除了讚美萬能的主，還有一個最重要的目的。有人知道，是為了什麼？」

在場的狂信者沉默著，等待尼爾的答案。

尼爾走向木椿，用火炬照亮李若霜的臉。「叛徒、不信神者、與黑鬼交媾、淫蕩的魔女。」

狂信者指指點點。

「她膽敢破壞神的計畫，破壞上帝指引我們返回天庭的道路。該不該死？」

「該死！」「殺了她！」「殺了她！」

尼爾再次高舉雙手，要大家安靜。看來他實在頗好此道。「殺了她？太便宜她了。」

尼爾看了看手上的火炬：「燒了她？那只是破壞她的肉體。」他雙手一攤，面露困惑的表情：「怎麼辦？我們該拿她怎麼辦？」

李若霜依舊低著頭，還沒醒過來。

「我要讓她連地獄都去不成！」尼爾的聲音響徹聖殿。唱作俱佳的演出，鼓舞了狂信者，全都站起來鼓掌，有的人親吻十字架、六芒星等聖物。

鷹沒有再說什麼，只是緩步向前。而吉米也很有默契地左顧右盼，趨步漸漸前進。不知不覺，兩人已經到了中心點。李若霜就在眼前。尼爾沉溺於自己的群眾魅力，絲毫沒有發現反抗的力量已然在眼前，不自知地對暗處打了一個手勢。

「程序執行者。」尼爾以介紹摔角選手的語調，介紹今天的「主角」出場。

令人失望的是，所謂的「程序執行者」，竟然是個看起來邋遢的中年禿頭男子，穿著破舊的牛仔外套與牛仔褲，球鞋更像是拖著腸子的屍體，爛得一踏糊塗。膚淺的群眾全都靜默地看著那個看來不可靠的歐吉桑。

「在重頭戲之前，我們還有另外一個人要處理。」

兩個灰袍聖徒，從暗處拖出一名人影，將他重重摔在地上。那人臉上全是出血淤青，看來已經被人修理了很多次了。

紐約警局，局長山姆。

山姆攤坐在地上，嘴裡不斷冒出血泡，咕噥地哀求：「拜託，饒了我吧。」

「喔？原來山姆局長也是末日聖徒？」鷹道。

「這就能解釋為什麼李若霜的行蹤這麼快就被掌握了。」山姆道。

尼爾以審判者的語氣，高高在上指著山姆的腦袋。

「這個人，是我們聖徒的一份子，卻怠忽職守，讓那個魔女在我們的聖地上肆虐。不敬上帝是謂不忠，怠忽職守是謂不義。」

「殺了他！」「把他的頭割下來！」狂信者們又再度鼓譟起來。

「我，聖徒之手，今天要審判你。死刑。」

「不要啊！救我啊！」山姆哭喊著。

尼爾隱身至暗處，將舞台交給眼前那位被稱為「程序執行者」的糟老頭，他滿臉笑容，歪歪斜斜地走向山姆。

山姆見狀，雖然對自己的處境感到害怕，但面對這個弱不禁風的老頭，倒也覺得可笑。老頭轉了轉手臂，老骨頭還咖拉咖拉作響。

山姆站了起來，步履蹣跚。「我有一個請求。」

尼爾知道他想說什麼。

山姆說：「我要挑戰他。」山拇指著眼前的程序執行者。

「喔？」尼爾興致高昂地看著他。

「如果我贏了，能不能免我一死。」

「那就要看你的表現了。」尼爾答應道：「放膽試試。」

尼爾被打得腫脹的臉，看不出是哭還是笑，他隨地抄起一根木棍，就這麼朝著禿頭的天靈蓋重重砸下去。

禿頭好像來沒睡醒，慌張地往後閃開，跌坐在地上。他摸了摸頭，感覺有些濕濕的，伸手一看，才發現真的流血了。

「這是什麼程序執行者啊？換我執行你啦！哈哈哈哈哈。」山姆覺得自己贏定了，抄起傢伙，準備給這個不中用的廢材最後一擊。

「再見。」

山姆使勁朝禿頭砸去，他幾乎可以想像木棍敲碎堅硬的頭蓋骨，搗碎白色腦漿。腦門迸裂，眼珠奪眶而出，白色的條狀粘著物混雜著血液，隨著脈搏汩汩流出的景象。

但，事情卻不如想像中順利。只見那邋遢中年人嘆氣垂頭，就忽然從眼前消失，木棍揮空，重重打在石牆上，震得山姆的手筋又麻又痛。「人呢？」山姆四處張望，遍尋不著禿頭。

禿頭帶著奇怪的笑意，從暗處搖搖晃晃現身，歪著頭盯著山姆，令山姆感覺極為不快。緊張的情緒從心頭一擁而上：「你是在看哪裡？狗娘養的東西！」山姆把木棍扔掉，從石牆拆下一把長柄火炬。

禿頭看來似乎害怕了，面目猙獰緊盯著熊熊火焰，身子顫抖，不斷向後退卻。山姆見之大喜，搖晃著手上的火炬不斷逼近。「哈哈。你完蛋了你！去死吧。燒死你這小王八蛋。害怕了吧？」

「我好怕。」禿頭邊說邊笑。

禿頭渾濁的眼珠忽然睜得像雞蛋這麼大，站在原地做了個鬼臉：「才怪。」

「恩？」山姆感覺手被什麼東西抓住，還沒意會過來，就這麼被一道不知名的力量一扭轉，手腕便在他面前硬生生地被折斷，傷口爆出汩汩鮮血，火炬也失去了支撐力，掉在地面。

「啊啊啊啊啊啊啊啊啊啊啊啊啊，好痛啊！」

山姆跪在地上，不可置信地看著被折斷的手，完全不能理解這一切到底發生了什麼事。驚訝、惶恐、害怕以及對死亡氣味的恐懼。讓原本被揍得黑青腫脹的面容，又因疼痛扭曲變得更加難看，汗水、眼淚、鼻涕、口水流得滿臉都是。

禿頭撿起火炬，在山姆面前搖搖晃晃。「怕不怕？」

山姆喉頭緊縮，咿咿地發出害怕的聲音，忍痛用腳掙扎地向後退，隨即被幾個灰袍人拖回中央，山姆哭喪著臉，護著疼痛不已的手：「不要啊，求求你不要，拜託你放過我。」

禿頭依舊保持著那令人不寒而慄的笑容。山姆萬念俱灰，轉過頭大喊：「尼爾大法官，求求你，我知道我錯了求求你給一個機會，我會彌補我曾經犯下的過錯。而且我罪不致死的，對吧？」

「不、不、不。」禿頭伸出右手搖著食指：「你有罪，是不是該死，」手指又指向天空：「是由上帝決定。」

「那就由上帝決定啊！」山姆大喊，心中大喊勝利。

「好啊，來，我幫你問問。」禿頭把火炬丟到一旁，在胸前畫了個十字，虔誠地低下頭：「主啊，罪人山姆忤逆了神聖的名，玷汙了神聖的殿堂，破壞了神聖的計畫，應該怎麼治他的罪呢？」

話還沒說完，哭喪著臉求饒的局長，另一隻手也被憑空折斷。還來不及叫痛，雙腳就像有了生命，自己憑空折成直角，從骨頭自肌肉組織刺穿露出，骨頭碎裂的聲音透過半圓形的音場折射，迴響於整個聖殿廣場之內。山姆整個人像斷了線的傀儡，仰天攤倒在地，唯一能活動的部位，大概只剩下鼻息。

滿地血跡被乾草吸納殆盡，枯黃的草色隱隱顯露出妖異的紅光，使得狂信者更加亢奮，空氣間充滿腎上腺素的腥臊之氣。禿頭似笑非笑，一腳踏在山姆折斷的骨頭上。然而，山姆似乎已經毫無痛覺，依舊無神地望著黑暗的天。「如何？有異議嗎？恩？我聽不見？」

「上帝說，」禿頭彎下腰，對山姆啐了一口：「你自己去問祂。」

山姆癱軟的四肢向內捲曲，就像是捲墨西哥餅，極度的痛楚，使山姆開始嚎叫，然而捲曲的動作未曾停歇，繼續向內縮捲，最後沒入軀幹當中。此時山姆已經不再有聲音，眼神也失去了光澤。

第十一章
Curia
教廷

「扭曲空間的能力？」吉米詫異道。
鷹冷汗直流：「要小心，中招可不是開玩笑的。」
尼爾市長走到執行者旁，舉起雙手高聲呼喊：「讚美神！正義終於獲得了伸張。」極具戲劇效果的語調，又激起了聖徒們的高亢情緒。「接下來，該處理正事了。」
一個冷調的女聲自後方響起：「是啊，真的該處理了。」
「是啊。」尼爾回應。
「嗯?!」尼爾驚覺不對，這才發現李若霜竟站在眼前。
綑綁她的粗繩，已被利器斬斷。
尼爾嗅到了恐懼的氣味，連忙向後退了幾步。「你……你是怎麼掙脫的？」
李若霜沒有說話，倒是有一排潔白的牙齒，憑空在她背後冒出來，向尼爾比了個「V」。
台上的狂信者見有人闖入祭壇，紛紛者鼓譟了起來。
「黑人小跟班?你怎麼會在這？」
傑克森笑道：「我聞到犯罪者的臭味，就一路跟過來了。」
「你說什麼？」尼爾低怒道。
李若霜道：「怎麼跟吉米才相處一天，就學會他的油嘴滑舌了?」
「狗屁，我做人只有實在而已。」吉米從看台跳了下來。
鷹也自暗處現身：「是喔，我也覺得戈巴契夫頭髮最長，金正恩最勤政愛民。」
李若霜左手持劍，迎風而立。
左手銀戒中的文字，散發暗藍色的幽光。

「是誰要你們來的？這裡我一個人就搞定了。」

「我不來誰幫你鬆綁啊？」傑克森指著自己的黑臉。

李若霜搖搖頭：「你覺得繩子綁得住我？我早就已經掙脫了。不過還是謝謝你幫我找回我的刀，省了我一分鐘的時間。」

「不謝。」傑克森沒好氣回道。

吉米聳肩：「我們可不是為了你，只是組織下令要清理門戶，剛好路過而已。」

「哼，果然沒錯。」李若霜「哼」地一聲：「他們沒有回組織，把我帶來地下墓地，我心裡就有底了。所以，這事跟組織無關？」

吉米回答：「對，無關。」

鷹點了支菸：「這幾個叛徒跟教廷暗通款曲，幹這些偷雞摸狗的勾當，這下人贓俱獲了。」

「喔？」李若霜望向尼爾身旁的禿頭。「所以，他也不是渡鴉的人囉？」

「對。」鷹道。「真正的程序執行者，的確來過紐約，但確認這次事情乃叛徒所為後，便已先行回組織報告。並指派我來後續處理。」

吉米道：「看來，他應該是梵蒂岡派來的殺手吧？」

「難怪。」李若霜笑道：「他的氣息不太一樣。」

李若霜注意到傑克森：「怎麼連你也不太一樣？」

吉米搭著傑克森的肩膀：「這傢伙也是適任者了。」

「喔？」李若霜似乎不太驚訝，只淡淡問道：「能力是？」

「不明，還在測試中。」吉米笑嘻嘻道：「喔，對了，你裝在試管的食血蟲，已經無從查證品種了，就在傑克森體內。」

「沒關係，之後再幫他測試能力吧。如果今天沒死的話。」

傑克森哭笑不得，抗議道：「喂！怎麼講得我好像會死一樣啊！」

「閒話家常夠了嗎？」尼爾怒目瞪著四人。

「祈禱了嗎？小便了嗎？準備好去見上帝了嗎？」

撂下狠話的尼爾又向後退去，隱身在黑暗中。禿頭帶著異樣的笑容，擋在一行人面前。敵不動，我不動，雙方就這樣僵持在祭壇中央。一個風吹草動，便將引發一陣腥風血雨。

「你們，」禿頭終於開口說話了。

那是個低啞的聲音：「知道與梵蒂岡作對的下場嗎？」

吉米抓了抓頭，一臉疑惑反問：「你知道，跟渡鴉作對的下場嗎？」

「梵蒂岡會將你們全數殲滅。」禿頭狠狠道：「一・個・也・不・剩！」

「……………………………………蛤？」

「……………………這是你第幾次聽到這句話？」

鷹轉頭問吉米。

吉米挖耳邊歪嘴道：「數不清，聽到都長繭了。」

禿頭對李若霜露出變態的笑容：「我要把你的肚子剁開，腸子掛在十字架上。我要把你的奶子割下來，我要在你那美麗的臉龐上撒尿，然後割下你的頭，帶回教廷當肉便器使用。」

「欸…………他居然敢惹李若霜耶。」

「…………事情大條囉。」吉米嘖嘖兩聲，一副看好戲的臉。

李若霜不為所動。

吉米與鷹一搭一唱說相聲，完全不將死亡威脅當作一回事。

傑克森笑了。

傑克森忽然意識到，若是前幾天的他，一定會覺得這些人的對話實在太不正常，簡直詭異到了極點。但如今他卻聽得咯咯笑。看來，他離普通人的生活，也愈來愈遠了。

有幾個看得戲看得十分投入的狂信者，舉起雙手喊：「殺了他們！殺了他們！殺了他們！殺了他們！」

禿頭轉轉頸子，啐了一口：「吵死了。」他伸手向空中一抓。那幾個狂信者就像被擠爛的番茄一樣，被無形的壓力擠成了肉醬，鮮血四溢，斑斑濺在四周狂信者的斗篷上。

「哇！」慘叫聲此起彼落，狂信者一哄而散，爭先恐後地逃走。察覺有異的武裝守衛，紛紛入內查探。「那是什麼怪物？」有幾個守衛因過度緊張而誤觸扳機，子彈射向中央。

「恩?怎麼有蒼蠅飛進來，破壞我的雅興？」禿頭雙手在空中抓呀抓地，不消一分鐘的時間，整個祭壇就只剩下幾十具奇形怪狀的屍體留在原地。少了狂信者的喧嘩，現在連血滴下來的聲音，都聽得清清楚楚。

凱薩琳輕甜的聲音在鷹耳邊響起：「邪惡的氣息愈來愈強！鷹！要小心！」

吉米抱怨道：「你就不在乎我的安危啊？」

「吉米，請小心。」

「…………很敷衍耶。」

「欸唷，別煩啦！這不是生死決戰嗎?認真點！」

吉米竟回：「先別提這個，我倒很想跟你戰兩回。」

凱薩琳無言：「…………我要告你性騷擾。」

「我是說快打旋風。」

凱薩琳：「…………………………」

鷹：「…………你再冷一點沒關係。」

「？」李若霜沒有戴載心靈傳導器，聽不見他們的對白。只覺兩臉色一陣青一陣白。

「好了，沒有人干擾了。那麼，我們繼續吧。」禿頭默默將衣服褪去，胸前竟烙印了巨大的十字。腥紅浮腫的傷痕，令人看了不禁毛骨悚然。「聖殿騎士第三師隊長，薩彌爾。教廷排名第五，賜教！」

「阿門！」薩彌爾雙掌一合，聖壇竟劇烈搖晃，基石瞬間隆起，猶如地牛翻身一般開始崩裂。傑克森一個踉蹌，險些跌入基石堆，幸虧吉米及時拉住，才使他免於被攪成肉泥的悲劇。

「差點就掛點了，這是什麼啊？」傑克森驚呼。

「這傢伙大概有操縱空間的能力，太接近會有危險。」

吉米喊道：「鷹！」

鷹早已飛身至上層看台開了兩槍。子彈挾帶螺旋力直朝薩彌爾眉心鑽去。

薩彌爾尖聲怪笑。

「阿——門——！」

左手一伸，子彈就這樣停在半空中，瞬間被壓成廢鐵。

一道閃光低空飛過，電光火石間，李若霜的銀刀刺向薩彌爾右腹，但李若霜卻感覺自己撞上火車，立馬被震飛。原來，薩彌爾不僅能自由操控空間，還用壓縮的真空包覆皮膚，形成絕佳的防禦狀態。

「李！」傑克森擔心叫喊。

李若霜站穩後，發現手又痛又麻，止不住微微顫抖。

「你，」薩彌爾指著眼前的黑髮女子：「叫做李若霜？人稱冰霜死神的李若霜？」

「是，又如何？」

「伊拉克聖戰中，連敗各國高手，殲滅敵軍破萬的李若霜？」

「是，又如何？」

薩彌爾拇指朝下，嘴角上揚，輕蔑地哼了一聲：「見面，不如聞名。」

「……………」

薩彌爾舔舌笑道：「但依照你的名聲，殺了你，我在教廷的排名也會大幅上升吧？」

李若霜眼神如火，迸裂出銀白色的殺意。

戒指的光芒，也更加耀眼了。

「阿門！」薩彌爾伸手緊握，打算以扭曲空間的方式，置李若霜於死地。就像對付山姆局長以及台上那幾個無辜的死者一樣。

「咦？沒中？」

薩彌爾再次發動猛烈攻勢。

只是，那扭曲的空間一靠近李若霜，就似乎撞到了什麼，「迸」地炸出聲聲巨響。

薩彌爾冷汗直冒。只見他雙手不斷發動攻擊，李若霜卻依舊不動如山，站在原地冷冷望著慌張的對手。

薩彌爾終於停下了無效的攻擊，喘得上氣不接下氣。薩彌爾看著若無其事的李若霜，不禁驚慌地叫喊：「為什麼？怎麼會這樣？」

「你會壓縮真空，我也會，不可以嗎？」李若霜冷冷地笑，笑得令人發寒：「你的技能，只是入門級啊。」

「像這樣嗎？」李若雙眼神一閃，薩彌爾的真空防禦瞬間化為烏有。他的手肘被一股無形的外力所控制，以極不自然的姿勢向外曲折，直到斷掉為止。「呃阿！」無比的痛楚由神經傳導到腦內。

「哎呀，果然不夠熟練，沒打到頭。」

「嗚……」薩彌爾震懾於李若霜冷冰透徹的殺意，就像被蛇緊盯住的老鼠一般。身經百戰的他，身體竟無意識地害怕顫抖了起來，骨骼緊繃發出碰撞的「咯咯」聲響。

「怎麼了？不攻擊了嗎？」李若霜舉起銀刃：「那我就不客氣了。」

又是一道閃光。

眨眼間，李若霜已出現在薩彌爾身後。

薩彌爾的頸部無端多出了一道空隙。

心臟推擠血液，使其如噴泉般衝向天空約莫兩呎高。

李若霜冷眼看著滿臉驚恐的薩彌爾。

「去見你的上帝吧。」

倒下。

拎著傑克森，越過了亂石群。「勝負一下就分曉了呢。」

「李！你沒事吧？」

李若霜沒有理會傑克森的關心。

吉米哎呀一聲打圓場：「這種程度的對手，怎麼會有事？對白請有點深度好嗎？謝謝！」

「教廷排名第五只有這種實力？看來要拿下整個梵蒂岡，應該不是問題。」李若霜暗忖。

她環顧四周：「鷹呢？」

吉米蓋住單耳，用心靈傳導與鷹溝通。

「他已經去追尼爾了。」吉米道：「我們也跟上吧！哪，戴上心靈傳導器吧。臭小子，你也給我戴上。」

「好啦。」

「我帶路。」在星巴克裡的凱薩琳道，認真地運用雷達能力幫一行人帶路。

在「雷達」凱薩琳的領航下，三人左彎右拐，穿梭於如迷宮般的地道。一路上，總不時看見新鮮的屍體攤倒在地，有的看來是狂信者，有的則是持槍的士兵。牆上也不時遍佈著彈孔。

看來，鷹也遭遇了不少襲擊。

「鷹，你在哪？」

「我在月台！遇到強大的火力襲擊！你們那邊結束的話，就過來支援！」

連鷹都感到吃不消的火力攻擊？

「撐著點。」吉米道：「我們快到了！」

此時，凱薩琳提出警告：「我感覺到另外一股氣在你們附近，小心！可能是尼爾的同黨。」

話還沒說完，傑克森忽覺眼前一黑。

他原以為只是燈光不足。他甩了甩頭，眨了眨眼，才發現那「黑暗」早已揮之不去。

「怎麼回事？是我瞎了嗎？」傑克森慌張大叫。

吉米果斷停下腳步：「別慌，我們也一樣。」

「幻術？」李若霜倒是神態若定。

「看來應該阿爾貝特。」吉米道。

「你是說泰德？」傑克森道。

吉米收斂心神，沒有回應傑克森。

他閉上眼睛，口中念念有詞，並以劍指在空中畫出某種咒文。咒文畫出的線形成一道一道黯淡的光線，不斷向內聚集。只見吉米愈畫愈快，光線愈來愈多，終於聚集成螺旋狀的光球。

吉米睜開眼，「喝！」一聲，螺旋狀的光球瞬間炸開，包圍了整座地道。

傑克森不禁用手遮住眼睛。「唔，好亮！」

不消半秒的時間，傑克森發現眼前已恢復了原來的景象。

狙擊槍口正近距離指著吉米眉心！

只要按下扳機，吉米便難逃一死。

千鈞一髮！

持槍者正是阿爾貝特！

阿爾貝特睜大了雙眼，不住喘氣，狠狠瞪視吉米。

吉米平靜地望著阿爾貝特被銀刀劃開的腹部及被地心引力拖出的大小腸。

一個破解，一個攻擊。
完美的雙人組合。
這就是師徒的絕佳默契。
「真可惜，阿爾貝特。」吉米道。「這一公分的差距，你就到地獄再好好後悔吧。」
倒下。
李若霜完全阿爾貝特不看一眼，逕自向前衝去。「走吧。」
吉米和傑克森緊追在後。

******

月台。
沒有槍林彈雨的痕跡，沒有橫屍遍野的場景。
一片死寂。
「尼爾呢？」
「火車呢？」
「鷹呢？」
三人望著空蕩蕩的鐵道，各自的問題，也都無從獲得解答。
李若霜按著耳朵：「鷹？你在哪？」

「…………」

沒有回應。

這是傑克森首次看見吉米慌張的模樣：「鷹？快回答？」

「…………」

「凱薩琳？現在鷹的方位呢？」

「…………」

沒有回應。

「鷹！」李若霜激動地叫了出來，緊握銀刀的手微微顫抖，眼睛泛起了陣陣閃光。

是淚？不會吧………難道李若霜對鷹………？無論答案是什麼，這都是傑克森第一次看見李若霜有這麼大的情緒反應。

「唷，各位。」

是鷹！

「你在哪？尼爾呢？」李若霜急問。

「尼爾已經上車了，一個小時後，就會到梵蒂岡了吧？」

吉米問：「你沒有抓到他？任務失敗？」

「失敗？根本沒有甚麼任務，哪有甚麼失敗呢？」鷹狂笑的聲音，傳遍三人耳際：「哈哈哈哈哈哈哈哈哈哈哈哈哈哈哈哈哈哈…………」

那令人感到十分不快。

「原來如此。」李若霜晃然大悟。

李若霜恢復了往常的冷靜：「回答我，鷹。」

「你是什麼時候開始墮落，跟教廷合作的？」
「墮落？你在說什麼？從你離開渡鴉的那一刻起，我也決定依照自己的意志生活。」
「所以，你就加入教廷？」
「不，我只是暫時替他們辦事。」鷹回答。
「然後呢？賺錢？養家活口？」
「當然不是。」鷹道：「我要建立自己的勢力，讓世界重新回復和平。」
李若霜冷冷道：「你一個人，一定會失敗。」
鷹道：「不試試，怎麼知道？」
李若霜道：「如果你真的想，為什麼不找我幫忙？」
「放你媽的屁！」鷹激動了起來：「從莫斯科到阿富汗，從約旦再到伊拉克。我陪在你身邊，東征西戰這麼多年。結果呢？我得到了什麼？」
「你就這樣一走了之！」鷹吼道。「那我算什麼？」
李若霜低聲道：「我說過了，我有些事情，必須去完成。」
「不就是要找格奧爾格嗎？」
「……」
傑克森再次聽到了這個關鍵字。
那到底是什麼？
只見李若霜左手的戒指，又開始晃動著妖異的光芒。
傑克森想起那只戒指上的刻字：「FINIS INITIUM。」
吉米暗道：「我切換到私頻跟你說，那意思是開始與結束。」

「……李若霜說那戒指是先祖的遺物。」傑克森詫異道。

「是啊，那是其中一只。唯有找齊三只，才能讓李若霜從詛咒的命運中解脫。」吉米眼神看來哀傷極了。

「詛咒？」

「唉，等我們活著出去，再跟你說吧。」

「所以你一直放假消息給我？」吉米切回公開頻道。「原來你真的跟教廷合作，難怪剛才那些武裝守衛隨便就讓你通過了。」

「只怪你向來不食人間煙火，才被我騙得團團轉。還大魔術師呢，呵呵。」

吉米面色一沉，老邁的眼神中，出現了難得的殺意。

傑克森不禁大喊：「所以呢？死了這麼多人，你到底想怎樣？」

「很簡單。」三人聽見「鏘」地一聲，顯然是鷹點了菸。「引出李若霜。」

「！」

「李若霜？為什麼是李若霜？」傑克森道。

「對教廷而言，李若霜的存在就是個阻礙。因此，我們就設法將李若霜，一步一步引到紐約，引到三一教堂，引到地底洞穴。」

「然後呢？」

「就在這裡，讓你澈底消失。」

李若霜沉吟：「就憑你？」

「憑我當然不可能。你可是冰霜死神李若霜。」鷹乾笑兩聲：「如果，是微型核彈呢？」

轟！

一陣巨響，紅色的火焰包圍了整個月台。

巨大的爆炸，就像一張貪婪的巨嘴，沿著蜿蜒的通道，瞬間吞沒了地下洞穴。槍枝、屍體乃至於地下聖殿，在瞬間付之一炬，永遠埋入歷史的深淵，無人能查證、也無人能得知。

當天，紐約市民皆被突如其來的地震，嚇得驚慌失措。有些人想開車逃離，卻塞在皇后大橋上動彈不得。有些則趁這個好機會，進入商店搜刮財物，打劫、強姦、槍枝暴力事件頻傳。紐約陷入前所未有的危機，最後還是靠著軍方的強力鎮壓，才在三天後讓紐約市，恢復了平日的風景。

儘管如此，華爾街與那斯達克股市還是因此重挫了一千多點，成交量近乎零的情況下，又讓許多紙醉金迷的股市大亨，不約而同地選擇從奢華的高樓跳下來，班班血跡，在幾秒內被紛飛的大雪所掩埋。

這場地震，專家眾說紛紜，有的說是板塊擠壓，有的說是深層熔岩的強力碰撞，陰謀論者認為是美國軍方祕密測試核武所致，更有些神祕學家覺得是世界末日將近，外星人用來警告地球人的激烈手段。

各大媒體、脫口秀也為此爭論不休，但最後皆是毫無結論。所有騷動與恐慌，很快就被政客醜聞、寵物大觀、明星媽媽嫁給誰等無用資訊給取代。

一切，終究被人所淡忘……

Outro

渡鴉 R.A.V.E.N.

地底爆炸事件後一週

羅德島・韋恩碼頭

大雪依舊紛飛不止，停泊在港口的船隻，就像玩具一樣，被狂風吹得東搖西晃，不時碰撞，發出金屬敲擊的聲響。

一位戴著銀灰色斗篷的男子，站在甲板上，任憑大雪吹襲。

強風吹開斗篷，裡頭是一雙蒼老，卻炯炯有神的眼睛。

岸邊抓著纜繩的，是年輕的黑人，戴著紐約洋基隊圖案的鴉舌帽。

「好慢。」黑人抱怨道。

「欸，女生就是這樣，耐心點。」船上的老人，正是大黑魔術師，吉米。

「話不是這麼說的，總是要有點守時觀念吧？」

老人問：「交過女朋友沒？」

「沒有耶。」

「難怪。」吉米聳肩。

「你……算了，懶得跟你抬槓。」擺出投降表情的，正是目前被通緝的傑克森。

據報，他涉嫌殺害多名軍警，更是紐約警局山姆局長、尼爾市長失蹤的重要關係人。總之，所有罪名都算在他頭上。新任的局長在媒體鏡頭前，針對法律正義侃侃而談，看來也是教廷方面派來的走狗。

「我們現在是全員逃走中耶。要一個閃失被抓，那不是虧大了嗎？」傑克森又忍不住抱怨：「好不容易活到現在……………」

傑克森回想起當時在地下洞穴中，他以為自己這次真的死定了。

微型核彈耶。

用這個對付李若霜，會不會太小題大作了點？

或許，教廷認為只有這樣才殺得死李若霜吧？

可惜還是失敗了。

他只記得吉米在爆炸瞬間，緊抓自己和李若霜的手。下一秒，他就在吉米的酒吧辦公室了。

吉米噴一聲：「怕什麼？有我跟李若霜頂著。況且，你是適任者耶。」

傑克森眼珠上翻：「我連我有什麼能力都不知道好嗎……」

「告訴你一個測試方法。」

「怎麼測試？」

「等一下有警方或是軍方的人查到我們。」吉米道。

傑克森興致勃勃地聽著：「恩。」

「等他們開槍的時候。」

「然後呢？」

「把你推出去吃子彈。」

「是喔。」傑克森抓起吉米臉頰，把他鬆垮垮的臉皮拉得老長：「這不是要變蜂窩嗎？」

「危機，才是激發潛能轉機。」吉米回道。

「我先把你推到海裡！」

傑克森別的不行，蠻力倒是挺驚人的。推得吉米真的快落海。

吉米連忙阻止：「欸欸，別玩了。投、投降。」

傑克森這才放手。

吉米咳了幾口：「話說，你真的要跟我們走？去巴黎？」

「除了這樣，有別的辦法嗎？反正，我已經是通緝犯了。」

傑克森繼續道：「而且，有你跟李若霜罩著呢。」

「很危險喔，跟著李若霜，有九條命都不夠。」

吉米望了望傑克森：「你還有六條命。」

「還很多條嘛，ＯＫ的。我們去巴黎幹嘛？」

「幫李若霜找第二只格奧爾格之戒。」吉米道：「大魔術師吉米重出江湖，看來很多人皮要繃緊點了。」

傑克森笑道：「對了，上次在月台，李若霜和那個發光戒指的事情，你說要活著回來要告訴我？」

吉米嘆了口氣道：「好吧。上次在酒吧給你看的資料你還記得吧？」

「有關食血蟲和渡鴉的部分？」傑克森回答。

「對，」吉米道：「李若霜不是透過食血蟲的殘酷實驗，而成為適任者的。」

「什麼？」

「她是天生的異能者。」吉米道。

傑克森吒舌，差點把纜繩給放了。

「格奧爾格一族，是古代歐洲的魔術世家，曾經侍奉過的君王不計其數。二次大戰時，狂魔希特勒害怕格奧爾格一族，而將之格殺殆盡。而李若霜，正是這支魔法世家僅存的血脈。」

「所以，她離開渡鴉的目的，是要找回家族的遺物，或是搜尋世界僅存的血親？」

吉米道：「那是次要，最主要是要治病。」

「治病？」

吉米嘆了口氣：「李若霜不僅是格奧爾格血族後裔，更是近五十年來最強的天才型異能者。但她那嬌弱的身體，早已經鎮不住體內日漸強大的魔力。繼續這樣下去，她有一天必會被自己的力量反噬。意思就是，死亡。」

傑克森無言。

「在一次任務中，李若霜意外得到了先祖的手札。裡頭記載者第一代大魔術師，萊茵哈特・馮・格奧爾格也曾經差點被魔力反噬。因此打造了三只制御之戒，用以鎮住體內逐漸失控的魔力。」

「原來如此。這就奇怪了，明明是歐洲魔法世家的後裔，為什麼她是東方臉孔？東方的姓氏？」

「這個啊……」

吉米話還沒說完，約翰便從駕駛艙探出頭，指著陸地：「老闆，她來了。」

冰天雪地間，一位黑髮女子自遠方緩緩走來。

有韻地，走來。

「李，出發了。」傑克森向她揮手。

李若霜沒有回應，只是望著他。

這次的眼神，已經不再向最初相識那樣冷冰冰，儘管還是稱不上微笑，但至少還保有一絲人性的溫度。

「準備好了嗎？」李若霜如銀鈴般甜美的聲音，令傑克森不禁聽了著迷。

吉米道：「就等你呢，準備出發到巴黎吧。」

剎那間，李若霜的眼神恢復往常的銳利。

李若霜忽然對著雪地另一頭大喊：「是誰？出來！」

話聲未落，李若霜的銀劍已然飛出，手槍也不知何時已在手上，亦朝銀刀方向擊發而去。子彈挾帶三百焦耳的動能，不偏不倚地鑽進某人眉心！

銀劍卜地一聲，沒入「某人」胸口。

那人連中兩發致命攻擊，只是退後了一步，卻沒有倒下。反而帶著笑意拔出銀刀：「好身手，你還是跟以前一樣嘛，李若霜。」

吉米直冒冷汗，那人躲在雪中，自己竟然沒發現！他心中暗忖，這人隱藏氣息的方法，實在高人一等。他是誰？是敵？是友？但如果他要取我們性命，早就下手了。如果不是，他的目的又是什麼？

那人純白色的頭髮，十分俊俏，但臉色卻是比雪更加蒼白，加上全身白色的裝束，真的完全能隱身在雪地當中。那人將銀刀射回去，李若霜一個閃身，竟輕鬆將刀子接了下來，收回右腿刀鞘之中。

李若霜竟訝異得身體震了一下。「是你？」

那人淡然一笑，向吉米打了聲招呼：「吉米，好久不見了。別來無恙？」

吉米終於看出他的長相：「哼，我還在想是誰呢。原來是你。」

「渡鴉最高統領——艾卡德・貝蒙特。」
「原來他就是渡鴉的最高統領？」傑克森暗忖。
「身為渡鴉統領，紆尊降貴來這窮鄉僻壤？」
李若霜自知來者不善，早已凝神做好萬全準備。
艾卡德輕蔑地「哼」一聲，開門見山道：「你跟教廷的衝突，我已經聽說了。」
「又如何？你打算介入？」李若霜冷道。
「是，我的確打算介入。」有角回答極乾脆。
李若霜「哦」地一聲：「你想與我為敵？」
有角雙手一攤：「我才不像鷹，傻到跟冰霜死神為敵，反之，我是來跟你談合作的。」
傑克森舉起手槍瞄準了艾卡德。
艾卡德斜眼看了傑克森一眼，饒富興致的樣子：「喔？聽說這是最新的適任者？不曉得他的能力如何？」
艾卡德右手一舉。
傑克森忽覺頭痛欲裂，「啊！」他雙手抱頭，痛到幾乎死去。
吉米暗念咒語，輕描淡寫化解了艾卡德的心靈攻擊。
「還不知道什麼能力呢，別玩他了。」
傑克森疼痛不支，跪倒在雪地中。
約翰連忙跑過來攙扶他。
李若霜回歸正題：「言歸正傳吧，你說合作？」
艾卡德點頭：「李若霜，你曾是渡鴉最仰賴的戰力，立下許多戰功。你擅自離開組織，我不追究。你要尋找治療反噬魔力的方法，我隨你去。你要追查散布食血蟲的始作庸者，我也不管。」

「所以，不是渡鴉散布的？」李若霜瞇著眼。

艾卡德道：「你還不清楚這是教廷的陰謀嗎？」

「鷹說，這是為了我所佈下的陷阱。」

「他話只說了一半。」有角道：「教廷有意散布食血蟲，尋找更多適任者。」

「目的？」

「自然是為了審判日作準備。」

吉米心頭一驚：「原來如此，這下我懂了，他們想建立世界新秩序（N.W.O.）。」

傑克森餘痛未止，跪倒在地遲遲無法起身。

他感覺到自己的弱小與無能。

艾卡德道：「雖然我們已經分道揚鑣，但至少與教廷為敵這點，我們是同路人。所以，合作吧。我可以提供你相關情報和資源，讓我們一起消滅教廷。」

李若霜沉吟半晌，任憑風雪吹襲。她沉吟半晌才做出回應。不過答案卻讓眾人出乎意料。

「我拒絕。」

吉米眉頭一緊，額頭冒出冷汗。心忖：「很好，要戰了！」

「喔？理由呢？」艾卡德聲音變得有些僵硬。

「渡鴉的行事風格，大家都很清楚。對於背叛者的處分，殘忍度恐怕也與教廷不相上下吧。」李若霜回答：「所以我離開後，你沒立即派程序執行者殺我，只證明了幾件事。第一，你沒把握在無損戰力的前提下消滅我。第二，我還有利用價值。」

「第三，說說當下情況吧。」李若霜繼續道：「由渡鴉最高統領親自出馬，又套關係，又要賣人情。如果今天渡鴉戰力充足，能與教廷相抗衡，你會這麼做嗎？」

艾卡德站在風雪裡，俊俏的臉龐似乎多了幾道黑色而難堪的線條。

「所以，我拒絕。」李若霜道：「拒絕和弱者為伍。」

沉默半晌，艾卡德終於笑了出來。「有種。」

「我只是實話實說。」

「戰況確實很吃緊，但不至於缺你一人。」艾卡德道：「李若霜，你是個即戰力，但不能為我所用，即使現在殺了你，我也不會覺得可惜。」說完，約莫百名渡鴉的武裝殺手自雪地竄出。

李若霜的戒指閃現妖光。

「你先帶傑克森下去。」約翰點頭，遵從指示攙扶著傑克森進船艙。

吉米則與李若霜肩並肩，眼神迸射出陣陣殺意。

戰爭一觸即發。

艾卡德忽然雙手一舉：「還是算了吧。」

武裝殺手殺氣全消，紛紛放下槍托。「我們還是和平相處吧。」

李若霜不耐道：「你到底想怎樣？」

艾卡德笑道：「不合作也無妨。反正只要往同個方向前進，遲早還是會碰面的。」

「……隨你高興。」李若霜不快地道。

「對了，我先釋出一點善意吧。」艾卡德道：「鷹和尼爾不在巴黎，也早已離開梵蒂岡。」

吉米吃了一驚：「什麼？這麼快？」

李若霜嘴角上揚：「喔？這倒是極為珍貴的情報。」

吉米繼續追問：「他們去哪？」

艾卡多據實回答：「他們準備在偏遠地區，發動另一起場大型實驗。」

「！」李若霜追問：「偏遠地區？」

「是啊。」

「哪裡？」

「東亞。」

「什麼國家？」

「台灣。」

「無名之島——台灣？」

「是啊。」艾卡德一個轉身，已然消失在李若霜面前。「至於要不要去追，就由你自己決定了。」渡鴉武裝戰士也隨之消失在眾人眼前。

淒冷的北風，吹拂著空蕩蕩的碼頭。

吉米問：「現在怎麼辦？」

「看來也別無選擇了。」

「會不會又是陷阱？」

「是陷阱，也得去。」李若霜黑髮在風中飄零，望著白愷愷的雪地，心中似乎決定了什麼。「不管眼前有什麼，阻擋我的東西，我都照殺不誤。」

吉米嘴角上揚：「不愧是冰霜死神，李若霜。」

李若霜將槍收回槍托：「奧普多似乎也在東亞。」

吉米道：「喔？閒晃到這麼遠的地方去玩？好，到了再聯絡他吧。」

「別忘了我，」傑克森抱著頭蹣跚爬上甲板：「我也要去找他們算帳才行。」看樣子餘痛未消，但並沒有打擊他的鬥志。

李若霜嫣然一笑，美得令人屏息。

「走吧。」

「前往無名之島。」

台灣。

語言文學類　PG2006　SHOW小說 36

冰霜都市

作　　者 / 靜　川
責任編輯 / 洪仕翰
圖文排版 / 詹羽彤
封面設計 / 楊廣榕

發 行 人 / 宋政坤
法律顧問 / 毛國樑　律師
出版發行 / 秀威資訊科技股份有限公司
114台北市內湖區瑞光路76巷65號1樓
電話：+886-2-2796-3638　傳真：+886-2-2796-1377
http://www.showwe.com.tw
劃撥帳號 / 19563868　戶名：秀威資訊科技股份有限公司
讀者服務信箱：service@showwe.com.tw
展售門市 / 國家書店（松江門市）
104台北市中山區松江路209號1樓
電話：+886-2-2518-0207　傳真：+886-2-2518-0778
網路訂購 / 秀威網路書店：https://store.showwe.tw
國家網路書店：https://www.govbooks.com.tw

2018年5月　BOD一版
定價：250元

國家圖書館出版品預行編目

冰霜都市 / 靜川著. -- 一版. -- 臺北市 : 秀威資訊科技, 2018.05

面； 公分

BOD版

ISBN 978-986-326-556-6(平裝)

857.7 107006644

讀者回函卡

感謝您購買本書，為提升服務品質，請填妥以下資料，將讀者回函卡直接寄回或傳真本公司，收到您的寶貴意見後，我們會收藏記錄及檢討，謝謝！如您需要了解本公司最新出版書目、購書優惠或企劃活動，歡迎您上網查詢或下載相關資料：http:// www.showwe.com.tw

您購買的書名：________________________

出生日期：________年________月________日

學歷：□高中（含）以下　□大專　□研究所（含）以上

職業：□製造業　□金融業　□資訊業　□軍警　□傳播業　□自由業

□服務業　□公務員　□教職　□學生　□家管　□其它_____

購書地點：□網路書店　□實體書店　□書展　□郵購　□贈閱　□其他

您從何得知本書的消息？

□網路書店　□實體書店　□網路搜尋　□電子報　□書訊　□雜誌

□傳播媒體　□親友推薦　□網站推薦　□部落格　□其他__________

您對本書的評價：（請填代號　1.非常滿意　2.滿意　3.尚可　4.再改進）

封面設計____　版面編排____　內容____　文／譯筆____　價格____

讀完書後您覺得：

□很有收穫　□有收穫　□收穫不多　□沒收穫

對我們的建議：________________________

____

____

____

請貼
郵票

11466
台北市内湖區瑞光路 76 巷 65 號 1 樓

秀威資訊科技股份有限公司 收

BOD 數位出版事業部

（請沿線對折寄回，謝謝！）

姓　　名：＿＿＿＿＿＿＿＿　年齡：＿＿＿＿　性別：□女　□男

郵遞區號：□□□□□

地　　址：＿＿＿＿＿＿＿＿＿＿＿＿＿＿＿＿＿＿＿＿

聯絡電話：(日)＿＿＿＿＿＿＿＿　(夜)＿＿＿＿＿＿＿＿

E-mail：＿＿＿＿＿＿＿＿＿＿＿＿＿＿＿＿＿＿＿＿